明代

文學故事

【下冊】

明代文學故事（下）

目次

熊龍峰創作的四部話本小說

熊龍峰，福建建陽人，生平事蹟不詳。大約生活於明嘉靖至萬曆年間，是一位熱心於通俗文學出版事業的刻書家。曾刊行過為數不少的小說與戲曲方面的書籍。其中，以《小說四種》最為著名。

這四種小說是：〈張生彩鸞燈傳〉、〈蘇長公章臺柳傳〉、〈馮伯玉風月相思小說〉和〈孔淑芳雙魚扇墜傳〉。前二種為宋元時期的話本小說，後兩種為明代的擬話本小說，作者均不詳。只知刊行的人是明代的熊龍峰，所以便將它們合稱為《熊龍峰刊行小說四種》。

正文敘寫北宋時，越州書生張舜美，到杭州參加鄉試，沒有考中，便滯留杭州溫習功課，以便下次再考。

一日，恰好是正月十五元宵節，張舜美到杭州街上觀燈，只見燈影中有一個丫環肩上斜挑著彩鸞燈，後面跟著一位美貌的女子。那女子面若桃花，眼似秋水，明眸皓齒，體態多嬌。張生一見銷魂，禁持不住，主動上前獻殷勤。那女子見張生生得標緻，清俊風流，也時時顧盼，眉目傳情，並故意丟下一封詩柬，約舜美於第二天晚上到十官子巷女方家中相會，署名：劉素香。

第二天晚上，張舜美如約赴會，成其好事。兩情歡洽，不忍分離，便相約私奔鎮江，做長久夫妻。商量已定，二人便乘著夜色，收拾啟程，劉素香女扮男裝，與舜美攜手並行，到北關城門時，因人多擁擠，二人失散。舜美在杭州城內找個遍，也未找著劉素香……第二天天明，又找到新碼頭，只見眾人正在圍觀一只繡鞋，議論有一女子投水而死的事情。舜美心知素香已死，驚痛交加，一病不起……

原來素香並沒有死，與舜美失散後，她認定舜美已到鎮江去了，於是脫下一只繡鞋放在水塘邊，造成投水而死的假象，用以斷絕父母追尋的念頭，而自己卻從從容容坐船往鎮江，去追趕張舜美。到了鎮江，四處尋找張舜美，問來問去，沒有下落。自思：自己一個孤身女子，流落他鄉，無親無故，無依無靠，真是叫天天不應，叫地地不靈。正打算投江自殺，幸遇一位老尼姑路過，將她帶回大慈庵，誦經參禪，棲身佛門。

張舜美大病一場，身體漸漸康復，但仍時時思念素香，發誓終身不娶。日月如梭，流光似箭，轉眼之間，三年一次的考期又近。舜美在杭州鄉試中考了第一名，緊接著往汴京會試，當乘船到鎮江時，遇大風，船無法行駛，只好停靠江口。舜美見船受風阻，一時不會開船，也乘便到附近閒遊。只見松竹掩映中的一座小庵，清雅可愛，便信步走進觀覽……在庵中，舜美巧遇素香，二人相見，抱頭痛哭，悲喜交集。夫婦團圓之後，拜別尼姑，一同上京應試。舜美在京連科進士，被任命為福建興化府莆田縣令。路經杭州時，派人到劉家報喜，其家不知所云。正在驚疑之際，車馬臨門，舜美、素香夫婦雙雙拜倒門前。岳父母見狀，大喜過望。不僅女兒失而復得，而且還帶來一位才貌雙全的縣令女婿，其樂可知。

〈蘇長公章臺柳傳〉也是一部宋元時期的話本小說。寫北宋真宗年間，杭州太守蘇軾，文章冠世，風流瀟灑。公務閒暇，常到西湖楊柳院中，吟詩作賦，飲酒烹茗。一日正值暮春天氣，後園牡丹花盛開，蘇軾請來摯友靈隱寺的佛印長老賞花飲酒，席上有一位能詩善歌的妓女章臺柳唱曲助興。

章臺柳是杭州著名的歌妓，不僅花容月貌，色藝過人，而且神清氣爽，能詩善歌。她時常怨嘆自己紅顏薄命，淪落在風塵中。飲酒之間，蘇軾對章臺柳說，眾人都誇你文章做得好，我現在就以「柳」字為題，讓你做一首詩詞，如果真是做得好，便準你從良嫁人，說不定我就娶了你！章臺柳滿口應承，援筆立就，寫出一首詞〈沁園春・詠柳〉，其中有「欲告東君移歸庭院，獨對高堂舞細腰。從今後，無人折損柔條」，以柳枝自況，並暗含許嫁蘇軾之意，受到蘇軾和佛印的極口稱讚。

章臺柳回家後，果然閉門謝客，痴心專等蘇軾去娶她。哪知蘇軾是醉中戲言，說過便忘了。章臺柳在家等候了一年，並不見蘇太守來娶她，便嫁給了畫家李從善。又過了一年，秦少游來到杭州訪東坡。蘇軾與秦觀在楊柳院中飲酒，一片柳葉飄落酒杯中，蘇軾猛然想起從前答應娶章臺柳之事，立即派人打聽妓女章臺柳消息。回來稟報：已嫁於畫家李從善。

蘇軾便叫李從善畫一幅楊柳圖來。蘇軾在圖邊題寫了一首詩：「翠柳依依在路旁，不堪時暫被炎光。終身難斷風狂性，無分遷移到畫堂。」寫好後，派人送給章臺柳。章臺柳看出蘇軾譏刺她舊性不改，無福嫁太守，於是，也在畫上題了一首詩：「昔日章臺舞細腰，行人任便折枝條。而今已落丹青手，一任風吹不動搖。」使來人帶給蘇軾。東坡見章臺柳甘心與畫家白頭偕老，矢志不移，口中連稱「難得」，並將此詩與畫掛到書院中，邀集佛印、少遊等一班詩朋酒友飲宴，席間每人題詩題詞，以示紀念。眾人歡暢，盡醉而散。

〈馮伯玉風月相思小說〉寫明代洪武年間成都書生馮伯玉，自幼父母雙亡。但卻聰明穎悟，風流瀟灑。元末亂離之後，流落杭州，受到直殿將軍趙彧的賞識，收為義子。趙彧沒有兒子，只有一個獨生女兒趙雲瓊，十三歲，與伯玉一同延師教讀。兄妹同窗兩年，十分友愛。後因雲瓊漸漸長大，父母便叫她入閨房，習學針指女工，雲瓊遂不能常與伯玉相見。

一日，時值江南早春，雜花生樹，群鶯亂飛，伯玉觸景生情，吟詩一首，傳入閨中。雲瓊察知伯玉有意於己，也寫詩一首以抒懷抱。二人情竇初開，互相愛戀。雲瓊的丫環韻華，聰明巧慧，能詩善對，伯玉和她結拜為兄妹，韻華也樂意當「紅娘」，替他們傳書送簡。此後，韻華發現雲瓊「不識好人心」，處處提防她，一怒之下，再也不管他們的閒事了。二人相思之情無法傾訴，雙雙憂思成疾，纏綿床榻……

夫人覺得怪異，便審問韻華，方才知道伯玉與雲瓊早已私下愛戀。因與趙公商議，將二人配合，一對有情人終成眷屬。婚後不久，伯玉被徵召進京，授官起居郎。雲瓊在家日夜思念伯玉，寢食俱廢；伯玉也一日三秋，備受相思之苦，於是便派人接雲瓊到京，再次得以相會。

不久，倭寇侵入東南沿海，朝廷任命馮伯玉為靖海將軍，率精兵猛將前去剿殺。伯玉身先士卒，戰士戮力同心，大敗倭寇，奏凱而還。伯玉升為鎮長大將軍，雲瓊封為趙國夫人，夫榮妻貴，近世罕有。但不久，伯玉即病亡，雲瓊也憂思絕食而死，伯玉被追封為「明仁忠烈武安王」。

〈孔淑芳雙魚扇墜傳〉寫明朝弘治年間臨安府旬宣街有一青年徐景春，以經商為業，家中頗有資財，二十六歲尚未娶妻。

一日，景春遊西湖，正值陽春三月，西湖風光美不勝收，不知不覺中暮色降臨，便匆忙尋路而回。到了漏水橋邊，迎面碰見一位美人在丫環的陪伴下，緩緩而來。徐生一見，神魂飄蕩，驚為仙女；美人也秋波頻傳，戀戀不捨，並自言名叫孔淑芳，因踏青與父母走散，迷失道路。徐生將淑芳送回家，淑芳對景春也熱情招待。二人共入鴛帳，極盡枕席之歡。徐生如癡如醉，昏迷不醒……

徐家右鄰張世傑，夜晚經商而歸，路經新河壩孔墳之側，聽見有呻吟聲，走近一看，認出是徐景春被鬼所迷，急忙將他救送回家。景春經過一番救治，行動如常。問起前事，絲毫不知。數月後便遣媒娶了杭州名門李廷暉之女，新婚燕爾，夫婦恩愛有加。又過半年，徐生父母不忍坐吃山空，逼兒子景春到常州經商，獲利而回。時值端午節，路遇好友張克讓，克讓將他拉到家中，盛情款待。夜半醉酒回家，又被女鬼淑芳所迷，交歡之際，兩情歡洽，女贈雙魚扇墜作為信物，景春也以羅帕回贈。天亮後景春回到家中，發寒發熱，胡言亂語，口中只叫「淑芳姐姐」。百般調治無效，徐父便禮請紫陽真人下山，捉獲女鬼孔淑芳並丫環玉梅，打入九層地獄，萬劫不復。景春吞服了真人的符灰，漸漸康復。

洞房花燭著《紅拂》

明清兩朝，蘇州一帶戲曲活動十分繁盛，產生了許多著名的演員和天才的作家。當時蘇州的許多曲家可能受當地風氣的耳濡目染，很早就形成了這方面的才能，大都在少年時代就寫下了流傳後世的佳作。

張鳳翼（一五二七—一六一三年），字伯起，號靈虛，別號冷然居士。江蘇長洲（今蘇州）人。他出身於比較富有的商人家庭，祖父張元平，素有心計，因而家貲豐饒。父親繼承家業，也是商人，並且有俠士之風。張鳳翼小時候沉默寡言，五歲前從未開口說過話，直到有一天他的母親抱著他在院中玩，看見祖父在打掃院子，他忽然開口對母親說：「把我放在地上。你應該打掃院子，為什麼讓祖父親自去做呢？」他的祖父聽後大為驚喜。從這件事後，張鳳翼日漸顯示了他的聰明，特別是做對聯時，他的回答往往出人意外。還有一次，他的父親責打他，用手去扯他的頭髮，張鳳翼大聲叫著說：「慢點兒！慢點兒！簪子末端很尖利，別傷了父親的手。」他的父親聽他這樣說，立即扔下手中的棍子並感嘆說：「倉促之中才能看出人的天性啊。」可見，張鳳翼少年時便聰穎、忠厚。

張鳳翼的弟弟張獻翼、張燕翼也早有才名，青年時代，兄弟三人都是蘇州有名的才子，號稱「三張」。他青年時便懷有大志，經常讀《陰符》、《孫子兵法》、《六韜》等兵書，還非常注意強身健體，希望將來能建功邊疆、為國效力。但在當時，想要取得仕途的成功，首先要跨過科舉考試這道門檻，許多才子都在這上面栽了跟頭，張鳳翼也不例外。在鄉試一再失利後，他於三十歲時捐貲入南京國子監學習，他的才華受到了司業陸樹聲的賞識。儘管這樣，他卻一直到三十八歲時才同他的三弟燕翼一起考中舉人。此後，就未能再考中進士。在五十四歲左右，他終於對科舉、功名失去了信心，便以奉養老母為理由放棄了科舉。但他又不願意像一些失意文人那樣，甘為山人清客出入權門官府，以自己的才名來博取他人的殘羹冷炙。張鳳翼年少時就得到以詩文博洽聞名江南的才子文徵明的賞識，在詩歌創作方面有自己的觀點和主張，書法功力又十分深厚。

《紅拂記》共三十四出，根據唐代杜光庭的〈虬髯客傳〉和孟棨的〈本事詩〉中樂昌公主破鏡重圓的故事改編而成。劇中寫隋朝末年，天下大亂，京兆三原人李靖胸懷大志，為了施展抱負，想投靠真正識才者。他四處奔波，打算投靠西京留守楊素門下，於是乘漁船渡河。漁父乃是隱姓埋名的劉文靜，亦非常人。二人相見後覺得志趣相合。劉文靜想去投靠太原李世民，他告訴李靖，如不能見容於楊素，就也去太原。二人分別後，李靖到楊府去拜見楊素。楊素府中有兩位美人，一位叫紅拂，姓張，父親死後，由楊家收養，做歌舞伎。她素愛兵事，常常執紅拂為楊素拂拭寶劍。另一位是原陳國的樂昌公主，陳國滅亡後，她和丈夫徐德言被迫分離，臨別時，將一面鏡子打破，二人各執半面作為紀念。後來她被楊素收為侍妾。當李靖拜見楊素時，紅拂正巧侍立於一旁。她見李靖面貌俊秀，英氣逼人，認為此人將來必有作為，不免為之心動，望著李靖微笑。李靖回到住所後，心中也總是想著那持紅拂的女子。半夜時，忽聽有人敲門，開門見一美貌書生站在門前。李靖十分詫異，剛要開口詢問，卻見那書生從懷中拿出一隻紅拂。原來書生便是楊素身旁的紅拂女，她心慕李靖英才，寧願捨棄侯門富貴，於是女扮男裝，擺脫了門衛的查問，半夜私奔李靖，向他表示心中的愛慕，願以終身相托，並勸他另投明主，不要投靠楊素，因為此人並不能成大事。李靖十分感動，他十分愛慕紅拂的美貌和膽識。二人於是結為夫婦，連夜逃出洛陽。

中途，二人宿於客棧，遇到一個自稱虬髯客的人。此人十分欣賞紅拂的美麗，直直地盯著她看。當聽到他二人的事情後，十分欽佩二人的俠義，與他們結為肝膽相照的朋友，並告訴他們應該去投奔李世民，因為只有此人才有奪得天下的雄才大略。後來，他們又遇上虯髯客的友人、道士徐洪客。他們一起到太原，通過劉文靜，謁見了李世民。下了幾盤棋後，眾人就告辭了。徐洪客飄然不知去向，虯髯客歸武陵家中，並將家財贈給了李靖夫婦，自己卻攜妻子飄游而去。

楊府另一美人樂昌公主雖做了楊素的侍妾，卻整日思念前夫，悶悶不樂，楊素知道原委後，十分同情她的遭遇，讓人四處搜索另半面破鏡，終於找到了徐德言，讓他們重新結為夫婦，閒居西郊外度日。

正好薛仁杲舉兵，京中一片混亂，紅拂避難，偶然投宿樂昌家中，於是留宿其處。樂昌勸徐德言也去太原，求取功名。這時李世民已當了皇帝，李靖也官拜兵部尚書，掛帥征高麗，所以徐德言被任為參軍，為他出謀劃策，於是轉戰為勝，高麗王遁逃，被虯髯客擒住，而此時虯髯客已成為扶餘國王，率眾人來投大唐。李靖等人凱旋歸來，受到封敕，紅拂也被封為衛國夫人。

杜光庭的〈虯髯客傳〉原以謳歌唐太宗李世民為主題，李靖、紅拂的愛情故事居於次要地位。但張鳳翼的這本傳奇卻與此相反，它以李靖、紅拂故事為主。紅拂目光如炬，識別英雄李靖於貧困落魄之時，毅然捨棄權門寵妾的地位，深夜私奔。以英雄和俠女取代傳奇中常見的才子佳人，使傳奇作品為之一新。另外，劇中還插入樂昌公主破鏡重圓的故事，使之與英雄俠女相映生輝。同時，《紅拂記》寫於新婚期間，作者也以劇中兩對夫婦的美滿姻緣表達了自己的幸福之情，也以李靖、徐德言的功成名就寄寓了自己對未來的期望。

孫鍾齡活畫社會群醜圖

明代中後期的劇壇上出現了一位頗具特色的諷刺喜劇作家——孫鍾齡。孫鍾齡，字仁孺，號峨眉子，別署白雪樓主人、白雪道人。他是萬曆年間人，約卒於一六三〇年之後，生平、籍貫均不詳。他是一位懷才不遇，在科舉、仕宦和婚姻上曾遭受過挫折的文士，因而對公道不彰的黑暗現實產生不滿情緒，並以喜劇的形式加以嘲諷和抨擊，藉古人的酒杯，來澆自己胸中的塊壘，而嬉笑怒罵皆成文章。孫鍾齡所作傳今存〈東郭記〉、〈醉鄉記〉，合刻為《白雪樓二種曲》流傳於世，其中〈東郭記〉最有影響。

〈東郭記〉以《孟子．離婁下》「齊人有一妻一妾章」作為故事底本，生發開去，並以《孟子》七篇中的人物為主要角色，每出標目也都是截取《孟子》中的話語。其內容雖然不出「富貴利達」一途，但所諷刺的對象，已經由某一個士人，擴大到整個社會的人情世態，可以說是明末社會的群醜圖。

〈東郭記〉是一部諷刺現實的喜劇，共四十四出。劇寫齊國的儒生齊人與淳于髡、王驩等相友善，皆窮困潦倒，整天遊手好閒，靠乞討謀生。一天，他們聚集商議，覺得此非長久之策。齊人大哥說：「當今之日，賄賂公行，廉恥道盡，我輩用其長技，取功名富貴如拾芥耳，焉能鬱鬱久居此乎！」他們有感於世風汙濁，不才競進，也決定忍廉恥，去小節，各尋門路以求顯達。王驩先是靠唱曲乞食為生，繼而穿牆破壁，盜竊資財、雞犬，積有百金。用這些贓銀，賄賂齊國蓋大夫田戴而得以發跡，被舉薦為大夫。而淳于髡善於清談，以滑稽詼諧而被齊王看中，官拜主客郎中，位至亞卿。二人皆貴顯。齊人與弟兄分手之後，謀官不成，盤纏蕩盡，十分狼狽。一日，到齊國東野，路遇姜氏二女，一見鍾情。齊人先娶姜氏長女為妻，後又鑽穴窺浴調戲次女，娶之為妾，妻妾兼得，一家和樂。齊人雖有一妻一妾，朝歡暮樂，但生計艱難。他時常出外行乞求食，每天都醉飽而歸，回來便向妻妾誇耀，說是赴某權貴之宴：「俺一品人才，盡處交游富貴來，相與的皆冠蓋，邀飲的都豪邁」，「故人情藹，消受他鳳髓龍肝，我寸舌應嚼壞」。妻子漸漸懷疑他說的是鬼話，便和妾商議好，第二天早早起來，暗地裡跟隨丈夫，窺探行蹤。齊人離家之後便穿起乞丐行頭，滿城的達官顯貴都不理睬他。時值中秋，秋祭的人絡繹不絕，齊人來到城東舊墳地裡向祭祖的人乞求施捨。田戴、王驩也來東郭祭祖，齊人飢餓難耐，便上前求乞，田戴命僕人賜他三塊鵝肉，他一口吞下；又向王驩索酒食，王驩裝作不認識，但怕他糾纏不清，只好賞他「半碗雞骨頭，一瓶老酒」，齊人仍不離去，還胡說亂道。王驩惱火，命僕人一跌將他推倒，才忍辱離開。齊人之妻歸家，將此事向妾陳述，而「妻妾相泣於中庭」。齊人回來，仍毫不羞慚，說：「好盛席，有的吃，至友公卿膠與漆，水陸珍饈椿椿特」，「喉間回味尚依稀」。結果被妻妾當場戳破謊言，他仍大笑說：「這是俺玩世之意，汝輩婦人女子耳，焉知丈夫行事乎？」齊人在妻妾的譏訕和激勵下，雄心陡起，發憤要求取功名。田戴的弟弟陳仲子，因不屑與哥哥這樣的人同居一室，便攜同妻子遠走荊襄，隱居於於陵，夫妻躬耕勞作，忍飢挨餓，決不食不義之物。一天，陳仲子思母心切，跋山涉水回到家中。母親見他面黃肌瘦，十分心疼。恰巧王驩送來一隻鵝，母親命人宰殺，煮湯熬肉以將養兒子的弱體，仲子認為這是不潔之物，拒絕飲食。母親再三強逼，不得已才喝了兩口湯，吃了一塊肉。受到哥哥田戴的當場譏誚，仲子一怒之下將所吃食物，全都嘔吐出來，忿而離開田家。路上，聽說齊人佯狂，便前去拜訪，勸說齊人和他一道隱居避世。齊人不聽，表示要先取功名，再圖歸隱之事。齊人將妻妾的妝奩變賣，弄到一些錢，攜帶禮物去投奔淳于髡，被舉薦為大夫。這時，王驩「金多職顯」，已升為右師，位居群僚之首。蓋大夫田戴、中大夫景醜、下大夫陳賈，攜重禮到王驩府上拜賀，希圖攀附。席間，王右師誇讚陳賈少年貌美，陳賈立即脫掉官服，扮做婦人，婆娑起舞以侑酒，深得王驩寵愛；景醜見王右師好「南風」、喜孌童，也不甘示弱，心想：「難道他會作婦人，我不會作婦人麼？」便用手將鬍鬚拔掉，扮做婦人，獻媚呈技，以邀恩寵。齊人聽說國中有一壟斷，是牟取名利的捷徑，就捷足先登。王驩爭壟，齊人不與，兩下積怨。齊王欲伐燕，淳于髡推舉章子為主帥。王驩復薦齊人為副帥，欲置齊人於死地。齊人率領衣衫襤褸的「花子軍」接應章子部隊，用計大獲全勝。歸國後，齊人升為亞卿。王驩見陷害不成，反助齊人成就了功業，便趕緊向他稱賀，竭力諂媚巴結，於是前嫌盡釋。齊人大興土木，建造府第私宅，迎接妻妾與兒子同享富貴，復又帶妻小到東郭墳地祭祖，乞食故伎重演，博取妻妾歡笑。不久，齊王加封齊人為上大夫，賜號東郭君，妻妾俱封為齊東郡夫人，其子小齊人也與王驩的女兒聯姻。齊人功成名就，急流勇退，攜妻妾追尋陳仲子，一同隱居去了。

〈東郭記〉以種種漫畫式的描繪，揭露官吏和文人賄賂公行、廉恥喪盡的醜態，抒發了憤世嫉俗的思想感情。劇中的主角齊人，以偽裝英豪的卑劣手段騙得一妻一妾，乞食墳間，甘食達官顯貴的殘羹冷炙，受盡冷落和侮辱，恬不知恥，反而向妻妾誇耀。就是這樣一位無才無德、名節喪盡的人，卻憑藉後門關係而混跡官場，成了聲威顯赫的上大夫。他表示「從今更要臉皮花，好官已做由人罵」，在黑暗腐敗的官場中，「哪一個不做這花臉勾當？」只有皮厚心黑、任人笑罵的無恥之徒，才能富貴顯達。淳于髡別無長技，靠滑稽調笑，乘「君王喜隱，好為淫樂，沉湎不治，百官荒亂，諸侯並侵，國且危言」之機，「談言微中」一語博得齊王歡心，即刻便封為亞卿。王驩靠偷雞摸狗積攢的錢財，賄賂田戴而得官，一旦身榮便六親不認。他與齊人本是貧賤之交，當齊人向他乞討，說認識他時，他卻說：「你認得我，我卻不認得汝。俺富貴的人，便親知故舊，哪一個看他在眼睛哩？」後來齊人顯達，王驩又急忙諂媚巴結，夤緣攀附，還將女兒許嫁小齊人，搞裙帶關係。真是宦情紙薄，世情如鬼，舉世一轍。作者曾藉綿駒的口說：「近來齊國的風俗一發不好，做官的便是聖人，有錢的便是賢者。」這正是針對明季澆薄的世風而發的憤激之言。陳賈、景醜之徒，為了取悅權臣王驩，一個著紅妝以侑酒，一個拔髯鬚扮婦人，邀恩求寵，取媚上司，無所不用其極。

這種奴顏婢膝、妾婦其道的做法是官場的普遍現象，正如他倆自嘲的那樣：「搽脂抹粉媚如狐，不數龍陽和子都……無陽氣，不丈夫，朝中仕宦盡如奴」，「名節掃，廉恥無，一班兒妾婦笑誰乎！」這些勢利小人，為求富貴利達，什麼卑鄙無恥、辱人賤行的事都幹得出來。作品就是這樣通過人物自己的醜言惡行，用借古諷今的手法，無情嘲諷明末墮落的世風，呈現出一幅活生生的明末官場百醜圖。

反抗禮教：針鋒相對寫青樓

封建時代，風流倜儻的士子和青樓妓女之間常常發生一些香豔的故事。他們的感情或許是建立在金錢之上，但也有些妓女與士人確實因才色的互相慕悅而產生了真摯的感情。古代文學中，從唐傳奇到宋詞、到宋元話本、到雜劇，都有許多作品以士子與名妓的感情糾葛為題材。在明傳奇中，這類題材的作品也很多。但由於作家的不同觀念和態度，這些作品表現出截然相反的傾向，其中的代表為《繡襦記》和《玉玦記》，一個表現了妓女對愛情的忠貞，另一篇則揭露了妓女唯利是圖的醜惡靈魂。

《玉玦記》的作者為鄭若庸，而《繡襦記》的作者據徐朔方先生認為則當是徐霖。

徐霖的戲曲作品有七種，流傳下來的只有《繡襦記》一種，這是作者在前人作品的基礎上改編而成的。全劇四十出，源於唐代傳奇〈李娃傳〉，寫鄭元和與李亞仙的愛情故事。這個故事在宋元南戲、元雜劇、明雜劇中均有作品涉及，但寫得最細緻、最完整、最動人的還是《繡襦記》。

劇本寫唐代書生鄭元和，生於滎陽名族，父親是常州刺史。他奉父母之命前往京城應考，父親還派村儒樂道德等人隨行照顧。到京城後，一天他偶爾路過鳴珂巷，見一美人，十分動心，便假裝落下馬鞭，徘徊不忍去，美人亦頻送秋波。後來知道此女乃名妓李亞仙，於是就備禮登門拜訪，李亞仙十分高興，將他留宿院中，定下情約。鄭元和因此荒廢了學業。樂道德趁機席捲財物而逃。鴇母榨取金錢，鄭元和身上錢財不久便花光了。鴇母見他錢財用盡，欲趕他出門。於是騙鄭元和和亞仙到所謂伯母家，然後派人詐稱母患急症，先接亞仙回家，等鄭元和隨後趕回原宅，她們已不知去向。

元和被騙後憂憤成病，寓中主婦嫌棄他，假稱要帶他去看病，卻將他棄置途中。元和後被一位以營葬為業的火頭搭救，並教他學會唱挽歌謀生。元和的父親入京述職，偶然見到了兒子，知道他因與妓女相愛流落至此，感到有辱家門，十分氣憤，將他打得氣息斷絕，棄屍於荒郊野外。不料鄭元和卻被卑田院甲長救醒，又教他唱〈蓮花落〉，乞討為生。

亞仙見鴇母以倒宅計趕出了鄭元和，十分憂憤，她拒不接客，只思念鄭元和。一日，元和冒雪唱〈蓮花落〉，乞食於門外，被侍女銀箏認出，引他去見亞仙。亞仙大喜，立即解下身上繡襦給元和裹上。她又用自己的錢贖身，與鄭元和同居一處，並鼓勵他重新讀書，自己則辛勤操持家務。在李亞仙的幫助下，鄭元和終於重新振作起來，發憤攻讀，後來終於狀元及第，官拜成都參軍。恰巧鄭元和的父親升任成都府尹，父子在任所相遇。鄭父得知李亞仙身為妓女，能棄煙花幫助鄭元和成名，很受感動，不嫌她出身低賤，重新重金行聘，娶為兒媳。後來父子二人又將此事上奏朝廷，皇上封李亞仙為汧國夫人。

李亞仙雖是青樓妓女，卻有情有義，對待愛情始終如一。可當鄭元和高中狀元後，她又深感自己出身卑賤，難以與他相配，所以不肯隨鄭元和赴任，勸他另娶高門。通過《繡襦記》，為我們展示出了一個美麗善良、忠貞賢惠的青樓女子的形象。

而鄭若庸的《玉玦記》中的妓女卻是另一番面目。

鄭若庸（一四八九—一五七七年），字中伯，號虛舟，又號蛣蜣生。崑山人。十六歲時為諸生，當地的士大夫非常欣賞他的文章，三次考試都名列前茅。但在後來更高級別的考試中卻多次失利，三十多歲時，他便厭棄了舉業，不久又因「作奸犯科」被開除了學籍，歸隱於太湖之濱的支硎山。

鄭若庸早年以詩聞名吳下，與當地的名士陸粲、王世懋有很友好的交往，戲曲當然也是他們經常交談的內容之一。六十三歲時，趙康王聽說了他的才名，乃以重金聘他為記室，代他起草文書，也陪他玩樂。趙康王還賞給他一些宮女和女樂，他除了替趙王編纂了千卷類書《類雋》之外，還寫了《王福記》傳奇為趙康王祝壽。後來趙王因王妃與兒子的姦情自縊而死，他便離開王府，旅居臨清，以賣文為生。據《蘇州府志》記載，鄭若庸還曾應朝中大臣程敏政的邀請到過北京，當時嚴嵩父子聽說了他的到來，請他前去相見，他卻拒不前往。嚴嵩父子又以錢財相招，他仍然不去，並離開京城，返回趙王府。可見，他雖出入於王公府第，但仍是一個頗具正義感的文人。

和封建時代的大多數風流文人一樣，鄭若庸也同當時的名妓有特殊的關係，出入於秦樓楚館。早年他被開除學籍，與他的這種行為不無關係。而《玉玦記》的寫作大概同他在風月場中的失意相關。

《玉玦記》全劇共三十六出，關目情節借用了〈李娃傳〉和王魁負桂英的故事，只是改負心者為妓女而已。劇寫南宋時山東人王商赴京應試，他的妻子秦慶娘賢淑善良。臨別前，慶娘贈玉玦以為念，寓「若得功名，決須早回」之意。誰知王商到京後考試失利，覺得無顏回鄉，因而留居臨安。後來結識錢塘妓女李娟奴，為其美色假情所惑，每日遊樂歡娛，完全將妻子、仕進拋在了腦後，並且與娟奴同往錢塘江口癸靈王廟盟誓，願結為夫婦。為了向娟奴表示棄妻的決心，王商將慶娘所贈的玉玦係於神像佩刀的鞘上。而慶娘在家中苦候丈夫的消息，這時叛將張安國殺害了太平軍節度使耿京，投靠金人，縱兵掠奪山東。慶娘在避難途中被擄，張安國見其美貌，逼她為妾，慶娘剪髮毀容，誓死守節。

一年後，王商千金散盡，而恰巧富商咎喜看上娟奴。於是李氏母女定下金蟬脫殼計，先讓娟奴哄騙王商去看望姨娘，然後移家別處，使王商無處可尋，於是將他趕出了家門。王商被李娟奴拋棄後，身無分文，借宿於癸靈廟，發憤攻讀，一年後，考中了進士，奉命赴淮陽慰勞江淮節度使張浚，歸途中被金兵抓住，囚於鎮江金山寺。他乘夜斬敵將，逃回臨安，因功授京兆尹。

李娟奴又玩弄咎喜，在他資財蕩盡後，與鴇母設計，將他毒死，拋屍江中。後被發現，以謀財害命案交於王商審理，李娟奴被咎喜冤魂追攝而死，鴇母被處以極刑。這時張浚、辛棄疾破張安國軍，將他拘囚的婦女送往京師審理。秦慶娘也在其中，王商擔當審理之任，在俘囚中他發現了慶娘，得知妻子誓不從賊的事後，十分慚愧，於是將她接到府中，夫妻團圓。後來朝廷又封秦慶娘為邢國夫人。

《玉玦記》中鴇母以金蟬脫殼計驅逐錢財用盡的書生以及女主人公被封為邢國夫人，

與《繡襦記》中的描寫十分相似。但《繡襦記》中妓女李亞仙美麗善良、忠於愛情，而《玉玦記》中忠於愛情的是良家婦女，妓女李娟奴被塑造為無情無義、心地狠毒的女子，從而對妓女進行諷刺和揭露。兩者相比，表現出一種針鋒相對的態度。

敘述尼庵情緣的《玉簪記》

明代傳奇中的才子佳人大都是書生與官宦小姐，然而有一部作品卻別開生面，描寫了書生與女尼姑的一場風花雪月的纏綿故事，這就是高濂的《玉簪記》傳奇。

高濂，字深甫，號瑞南道人、湖上桃花漁，浙江錢塘人，約生於嘉靖時期，活動在萬曆年間。

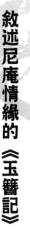

高濂一生從事多方面的文化活動，詩、詞、散曲都有作品傳世，但主要的成就還在於戲曲創作，主要有《玉簪記》、《節孝記》兩種，而其中寫於科場失利和中年喪妻情況下的《玉簪記》極負盛名，在劇壇上長演不衰。

《玉簪記》寫陳妙常與潘必正的戀愛故事。這個故事在《古今女史》中早有記載。話本小說有《張于湖誤宿女真觀》，元雜劇中亦有同名作品。高濂在前人創作的基礎上寫成了《玉簪記》，他刪除了一些枝蔓的情節，著重表現潘、陳二人相愛的曲折和對愛情的忠貞不渝。

在劇中，陳妙常原名陳妙蓮，她與潘必正從小被父母指腹為婚，但二人從未謀面，只以碧玉簪和鴛鴦扇墜為定親信物。在金兵南侵時，陳妙蓮與母親在逃難中失散，不得已在女貞觀出家為尼，法名陳妙常。她姿色才華都十分出眾，雖已出家為尼，卻並沒有棄絕七情六慾，作為一個青春少女，她的內心依然渴望得到幸福的愛情。建康知府張孝祥赴任途中借宿於觀中，見她貌美，便藉下棋的機會，用詩詞來挑逗她。陳妙常初見張孝祥，也有點凡心萌動，但她又感到張為人輕薄，便斷然以詞拒絕了他的求愛。觀主的侄兒潘必正奉父親之命到臨安應考，因病誤考而落第，他不願回鄉，便來女貞觀投奔姑母，準備認真攻書以參加下次考試。在經過一段時間的接觸、交談之後，潘必正、陳妙常二人互生愛慕之心。但礙於禮法，二人只能將感情埋在心底，而不能互通款曲。潘必正相思成病，陳妙常也常常想念潘必正。一個月朗風清的夜晚，陳妙常以彈琴來消除心中的鬱悶。潘必正被琴聲吸引，來到了她的住處。妙常請他彈奏，他便以古曲〈雉朝飛〉來表白自己的相思，陳妙常也彈了一曲〈廣寒遊〉，傾訴了內心的寂涼。經過這次試探，二人情意更濃。潘必正離去後，陳妙常難以抑制心中感情的激盪，於是寫了情詩一首。終於，這首情詩被潘必正發現，知道陳妙常對自己的感情後，潘必正於是大膽地表達出了自己對她的傾慕。陳、潘二人互道衷情，訂下了白頭之盟，並時常密切往來。可是，他們的關係很快被觀主發現，觀主雖然惱火，卻無可奈何，只得逼迫潘必正離開女貞觀，到京城赴試。不得已，潘必正只得當眾辭別觀主和妙常等人，匆匆登舟而去。陳妙常為了獲得和情人單獨告別的機會，機智地擺脫了觀主的監視，僱舟沿江直追潘必正，二人於秋江之上互相傾訴心中的依戀不捨，妙常贈給潘必正玉簪作為愛情的信物，潘必正也回贈以鴛鴦扇墜以表忠貞。後來，潘必正考中了進士，立即趕到女貞觀迎娶陳妙常，二人共回老家。妙常的母親與女兒失散後隻身投奔親家，如今見女婿中了進士，娶了夫人，想起失散的女兒，十分傷感。後來見到二人定情信物，才知妙常就是自己的女兒，而潘陳二人也知道了早年的婚約，於是皆大歡喜，一家團聚。

《玉簪記》最成功之處在於塑造了陳妙常這個生動真實的女性形象。她既不同於煙花女子，也有別於大家閨秀。除受封建禮教的束縛外，宗教戒律也限制著她的自由。但她卻大膽執著地追求愛情，表現出一種強烈的叛逆精神，這在明傳奇中是非常獨特的。從《玉簪記》

中我們可以看到古代青年男女真摯的情感和高尚的品格，從而使全劇體現了一種健康的喜劇風格。對於人物心理的刻畫非常細膩，特別是陳妙常在戀愛時表現出的害羞畏怯的複雜心理十分傳神。在語言方面，《玉簪記》清麗自然。這些藝術成就加上動人的故事情節使劇本能夠長期流傳，始終為人們所喜愛。特別是〈琴挑〉、〈偷詩〉、〈秋江〉等出目，可以使演員充分發揮表演才華，充滿了美感，至今乃盛演不衰。〈琴挑〉甚至成了崑腔的入門教材。

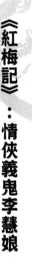

《紅梅記》：情俠義鬼李慧娘

在我國古代的戲曲舞台上，最美麗淒婉、俠義可愛的女鬼當屬李慧娘了，她是明朝戲劇家周朝俊的《紅梅記》中的一個女性形象。

周朝俊，字夷玉，一作儀玉，浙江鄞縣人。生平事蹟不詳。胡文學編的《甬上耆舊詩》卷三十附有李鄴嗣〈甬上耆舊傳〉，其中有關於周朝俊的一些記載，從中我們可以知道周朝俊是個秀才，少年時期就顯示出不凡的才華。他十分崇拜李夢陽，因而詩歌創作便向其學習。他還工於填詞，善於製麴。他的著作有《李丹記》、《香玉人》、《紅梅記》十餘種，其中以《紅梅記》最為著名，它問世不久，便傳至了蜀中。萬曆間老名士王稚登曾為《紅梅記》作〈敘〉，從〈敘〉中我們也可以窺見一些周朝俊的風姿。當時王稚登到西湖遊玩，偶爾在寺廟的房壁上見到了他清婉的題詩，十分歎賞，又從主人那裡聽說此人久仰自己大名，並正巧也寓居此寺中。於是便「邀之同席，觀其舉動言笑，大抵以文弱自愛，而一種曠越之情超然塵外」。後來王穉登又到他家中拜訪，見到了他的《紅梅記》，反覆讀後，發現「其詞真，其調俊，其情宛而暢，其布格新奇而毫不落於時套。削盡繁華，獨存本色」。讚賞之後，認為《紅梅記》一出，《曇花記》的作者屠隆便「不能擅美於江南矣」。而從曹學佺的詩集中我們還知道周朝俊曾到過桂林，其他事蹟便知之不多了。

《紅梅記》，又名《紅梅花記》，取材於瞿佑《剪燈新話》中的〈綠衣人傳〉，本事出於元人稗史。原故事講書生趙源遊杭州時與一綠衣女子相愛。此女子實是女鬼，與趙源前世都是賈似道家中奴僕，綠衣女子因愛慕他而被賜死，今世現身實為重續前緣。在這個故事中二人還談及當日賈似道一美妾因讚美湖上少年而被賈似道砍頭之事。賈似道是南宋末年的大奸臣，原係市井無賴，後因其姐姐被選入宮中為妃而驟然富貴。這個故事反映了賈似道的荒淫殘暴。《紅梅記》以此為藍本，增飾而成。

劇寫南宋時書生裴禹，寓居西湖昭慶寺，一日與友人郭謹、李素同遊西湖，忽聞一派笙歌順風而至，乃是當朝權相賈似道擁眾姬在西湖上遊樂。裴禹立於斷橋之上，賈似道的侍妾李慧娘顧盼裴禹，讚美道：「美哉一少年」，顯示出對他的愛慕之情。賈似道十分惱怒，卻佯言要為慧娘納聘，回府後卻拔劍砍了李慧娘的頭，裝在金盒子裡拿給其他姬妾看，以殺一儆百。後來又將其屍體草草葬在半閒堂牡丹花下。

盧昭容是已故總兵之女，住在西湖湖畔。一天她到園中遊玩，見梅花盛開，便讓婢女朝霞折下一枝賞玩。裴禹從園外經過，見園中紅梅花開得動人，便爬上園牆，想偷折梅花，不料失足跌入園中，驚動了昭容，昭容便以手中紅梅相贈。二人相遇，俱各有情。

一日，賈似道又攜眾姬妾來湖中遊樂，見湖畔高樓之上有一美女，姿色非凡，便派僕從去探聽查訪，知道其為盧昭容，便要強納為妾。盧氏母女聞此消息，大驚失色又無計可施，只有相對痛哭。裴禹因思慕昭容，故意路經盧府，想僥倖再睹芳容，不料卻聽府內傳出悲慘的哭聲，他直接進入府中詢問原委，並為盧氏出謀劃策，表示自己願為盧氏之婿，這樣便可拒絕賈似道的逼婚。盧氏也愛慕裴禹，便同意了他的計策。然而當賈府豪奴前來下彩禮，見裴禹居然以婿拒婚，就將他拖到賈府。賈似道十分惱怒，便將他拘禁在書館中。盧氏懼賈府強娶，母女連夜潛逃，到揚州投奔姨娘曹氏。

李慧娘雖然身死，卻真情不泯。當她的遊魂看到拘禁於書館中的裴禹後，便幻做生前的樣子，前去幽會。她的美麗和真情感動了裴禹，二人夜夜廝守，達半年之久。賈似道因盧家逃走，遷怒於裴禹，陰謀將其殺害，和殺手在半閒堂密謀，被李慧娘鬼魂聽見。為救裴禹，李慧娘把當初為其而斃命之事告訴了裴禹，並勸其快離開賈府。裴禹十分感動，並不因她是鬼而嫌棄恐懼，向她表白了真心的愛慕。當殺手追截裴禹時，李慧娘又施展法術，幫助他從後花園中逃走。賈似道懷疑裴禹的逃脫是眾姬所為，於是便拷打她們。李慧娘又於燈下現形，挺身而出，痛斥賈似道的荒淫殘暴。賈似道十分恐懼，改葬慧娘。

賈似道假公濟私，貪得無厭，只圖逐日沉醉笙歌妙舞之中，卻將軍國大事置之腦後，誤國害民，終於民怒眾恨，被人參劾貶職，押解至綿州時被鄭虎臣殺死。

賈似道事敗後，裴禹赴臨安應試，中了探花。他十分懷念盧昭容。在杭州遇到昭容的表弟曹悅，知道盧氏母女避於揚州，於是前去尋找。曹悅早有意於昭容，多次糾纏。昭容不忘裴禹，改道裝修行，以刺繡維持生計。一日朝霞外出購置針線，巧遇裴禹，於是與昭容相見。曹悅想要賴親，硬說昭容是自己的妻子，告至公堂，而縣令恰巧是裴禹故人李素，知道原委後，於是拘來昭容，請來裴禹，分別以舟船送二人至臨安完婚。

這個劇本以裴禹、盧昭容悲歡離合的愛情故事為主線，中間穿插了賈似道的侍妾李慧娘和裴禹的人鬼戀情，從李慧娘、盧昭容的遭遇中，暴露了朝中權臣的荒淫殘暴。劇中盧照容與裴禹的離合情節比較平庸，而李慧娘與裴禹的愛情在劇中雖只是一段插曲，卻寫得十分精彩，扣人心弦。李慧娘這一美豔、熱烈、有情有義的女鬼形象卻優美感人，富有藝術魅力。

周朝俊在戲曲史上的貢獻除塑造了李慧娘這樣一個獨特的女鬼形象外，還在於他在《紅梅記》中以大量的篇幅描寫了權臣賈似道的荒淫兇殘、魚肉百姓、專權誤國；又通過書生郭謹的上書彈劾等表現了反權奸的鬥爭等內容，具有一定的現實意義。這是繼《浣紗記》之後又一部將愛情描寫與政治鬥爭相結合的作品，具有較高的思想境界，對後世戲曲產生了一定的影響。

在藝術上，《紅梅記》劇情曲折，結構巧妙，湯顯祖給予了很高評價，認為它「境界迂迴宛轉，絕處逢生，極盡劇場之變」。劇中的心理描寫細膩真實，語言俊麗優美，可以說是一本優秀的作品。

古代的哀情悲劇《嬌紅記》

古代的戲曲作品，大多數描寫才子佳人的愛情劇都是以最後男主人公的金榜題名來使他們的愛情糾葛得以圓滿解決。孟稱舜的《嬌紅記》卻是例外，男主人公的高中並沒有使他們的愛情順利走上婚姻的坦途，男女主人公最後的結局是雙雙殉情而死。這種結局在戲曲史上是獨特的，僅有的。

孟稱舜（約一五九九—一六八四年），字子塞，又作子若，子適，號小蓬萊臥雲子、花嶼仙史。浙江會稽（今紹興）人。他的父親孟應麟，萬曆三十二年（一六〇四年）以明經授為兗州通判，分署東阿、壽張二縣，在兗州為官達二十年，其間還曾受命為監軍支援遼東。當時兗州一帶有白蓮教活動，他們曾攻陷鄒、嶧、滕、鄆等城，而東阿，壽張在孟應麟率眾堅守下得以保全。可見孟應麟是一個比較有才幹的封建官吏，他對兩個兒子也寄以厚望，一個名稱堯，一個名稱舜。而孟稱舜儘管富有才華，但卻沒有獲得為國效力的機會。在明朝，他僅僅是一個屢試不第的書生；入清後也只做了一個小小的學官。明崇禎二年，他曾加入張溥主持的復社。他與張岱、祁彪佳皆有交情，曾共同組織楓社，以祁彪佳為盟主。他的《嬌紅記》、《眼兒媚》等劇作受到這些朋友的讚譽。清朝順治六年時，孟稱舜被舉為貢生，任松陽縣訓導。在職期間因當局殺害無罪的學子引起了諸生的譁變，當局想以此治他們的罪，孟稱舜毅然替他們抗爭，使諸生得以免禍，而他本人卻從此辭職歸鄉，不復出仕。

《嬌紅記》共五十齣，全名為《節義鴛鴦塚嬌紅記》。這是關於王嬌娘與申純的戀愛悲劇。題材來源於北宋宣和年間發生的一個真實故事，元人宋梅洞曾將它寫成了傳奇體小說《嬌紅記》，長達兩萬餘字，以漫長的篇幅、曲折的情節展示了委婉動人的愛情故事。

孟稱舜基本沿用了原有的故事情節：成都府尹申慶有兩個兒子，申綸和申純。一年秋天申純科場失利，胸中十分鬱悶，父母遣他到眉州通判、母舅王文瑞家探親，以此來消除他的煩悶。舅父有個女兒名叫嬌娘，是個聰明美貌的少女。她對自古以來才子佳人的美滿愛情婚姻十分羨慕，渴望有朝一日自己也能「自求良偶」，但她不慕功名富貴，也不願嫁司馬相如那樣的貪圖新歡的無情才子，而是希望嫁一個才貌相當、心性一致的「同心子」，認為「但得個同心子，死共穴，生同舍。便做連枝共塚，共塚我也心歡悅」。申純的到來，激起了少女心中感情的漣漪，她感到申純「神清玉朗」，性格溫和，毫不疏狂，然而卻沒有輕易付出真情。有一天，她同申純在花園中偶然相遇，申純以詠牡丹詩二首相贈，使她見到了申純的才華。而申純在嬌娘離去後又題詩於中堂窗上，傾訴對嬌娘的愛慕，嬌娘見到後感到了申純感情的至誠，於是和詩一首。申純以謝詩為名，來到嬌娘的繡房。他見嬌娘積有燭花燈燼，請求她分一半給自己以作墨使用，以此表示對嬌娘的愛慕。嬌娘也漸漸對他產生了愛慕之心。一個春寒料峭的日子，嬌娘擁爐獨坐，正為情思困擾，申純來了，二人互訴衷情，共同訂下了婚盟，並相約晚間相會於熙春堂的花蔭深處。不料一場暴雨忽然而至，使二人佳期阻隔。當次日嬌娘到書房來踐舊約時，申純卻因赴友人酒宴至今沉醉未醒。嬌娘怨申純負約，並對他的感情產生了懷疑，後來申純剪髮盟誓，才消除了嬌娘心中的疑慮，二人重歸於好。這時西番國主入犯成都，西川帥節鎮命官民人等三丁抽一守城，申純文武全才，申慶於是寫信催他回成都。無奈，申純、嬌娘只好忍痛分別。

番兵退後，申純十分思念嬌娘，以致鬱鬱成病，害了相思之疾。於是他以就醫為名，重到舅父家中。當他與嬌娘在庭前互訴別後思念之情時，卻被丫環飛紅驚散。飛紅對申純也心有愛慕，申、嬌之戀引起了她的嫉妒。但經過一系列的波折後，嬌娘終於相信了申純的誠意，二人在嬌娘的繡房中密約偷期，有了夫妻之實。申慶擔心兒子的身體，屢次催促他回成都，二人只好又一次分別。後來申純的心事被父母知曉，他們遣媒為他到嬌娘家中提親，而嬌娘的父親卻以姑表不能通婚為理由拒絕聯姻，實際上是瞧不上申純的「布衣寒儒」身份。嬌娘託媒人帶給申純一首詞，要他不忘前盟，重尋舊約。為了重會嬌娘，申純假裝中邪，又買通師婆，假說須到眉州躲避方可。於是申純又一次到舅父家，他與嬌娘的感情更加深厚。飛紅因心懷嫉妒，時時監視嬌娘的行動，並從中作梗。恰巧申純又撿到了飛紅的春怨詞，嬌娘見後認為他與飛紅別有隱情，十分生氣。申純見她誤會，急忙解釋，嬌娘釋然後二人在花園中盟下誓約：生不同辰，死願同夕，生生世世不相棄。從此申純對嬌娘的愛情更加專一。他刻意躲避飛紅，引起了飛紅的不滿。一天，申、嬌二人又在花園中幽會，被飛紅發現，她叫來了嬌娘的母親，撞破了二人的好事，申純也被迫離開王家，嬌娘與之灑淚相別。不久，王文瑞任滿改調，途經成都，嬌娘又以同心結香佩一枚贈申純，表明自己對申純的堅貞的愛情。

申純發憤讀書，終於兄弟同中高第，被授為洋州司戶。他受舅父之召前去拜謝。王文瑞見他少年登第，前程萬里，遂生結親之意，派飛紅探他的心意，見他仍有聯姻之念，便主動提親，申家欣然應允，只待擇吉日下聘禮。然而這時豪帥聽說嬌娘十分美貌聰慧，也遺媒為他兒子上門求婚。王文瑞為了攀結高門，竟然悔了前約。申純、嬌娘受此打擊，十分絕望。嬌娘竟至抱恨成病，奄奄一息。申純知道後，偷偷去探望她，卻又不敢到府中去。飛紅被二人癡情感動，趁王文瑞外出時，攙扶嬌娘悄悄地往申純舟中相會。申純見嬌娘「病影伶仃」，十分難過。嬌娘見申純孱弱多病，也深為憂慮。兩人泣訴衷腸，誓同生死。灑淚痛別後，嬌娘執意不從帥家婚事，抑鬱而亡。申純聞訊，只欲同死。儘管父母兄長，以榮華富貴、似玉佳人相勸誘，但他仍然懸梁自縊，被家人救醒後，又絕食而死。雙方父母被他們的真情感動，將他們合葬一處，完成了他們生前的願望。兩人的靈魂化為鴛鴦，上下飛翔。

女主人公王嬌娘是一個具有獨特性格的女性形象，她對婚姻自由的追求，較之以前的崔鶯鶯、杜麗娘更具有現代意義，「同心子」戀愛觀的提出標誌著一種時代的進步。男主人公申純也是個性格鮮明而可愛的藝術形象。他輕功名，重愛情。對嬌娘他愛得真誠而深沉，為了愛情，毅然拋棄一切，殉情而死。他們的殉情，有深厚的感情基礎，這個基礎是在相互接觸、了解、試探的過程中逐漸加厚。他們不同於其他劇中男女主人公的一見鍾情，而是在一系列的誤會與考驗之後，定下了同生共死的誓約。

《嬌紅記》對中國戲曲的最大貢獻在於突破了大團圓的結局，形成了動人的悲劇收場。雖然申、王二人死後合葬並化為鴛鴦，並在仙界結為仙偶鳳儔，但這種團圓畢竟是虛幻的，其實質仍然是一場悲劇，嚴酷的現實扼殺了青年男女的美好愛情和生命。對於這種悲劇性的結局，孟稱舜同時的陳洪綬批點道：「淚山血海，到此滴滴歸源，昔人謂詩人善怨，此書真古今一部怨譜也。」正是因為這種哀婉感人的悲情，使《嬌紅記》「上逼《會真記》，下壓《牡丹亭》」，成為古代戲曲中的傑出作品。

馮夢龍與明代通俗文學

明朝晚期的馮夢龍，是一位有遠見卓識的大學者和通俗文學的大家。

馮夢龍（一五七四－一六四六年），字猶龍，又字耳猶、子猶，別號龍子猶、姑蘇詞奴、墨憨子、墨憨齋主人、前周柱史，又曾以顧曲散人、香月居主人、詹詹外史、茂苑野史、綠天館主人、無礙居士、可一居士、可一主人、墨浪主人等為筆名或化名。生於神宗萬曆二年，是吳縣籍長洲（今江蘇蘇州市）人。他出身還未搞清楚，現知道他的表舅毛玉亭當過刺史，他的父親與當時蘇州名儒王仁孝交往密切，而且反覆教育馮夢龍要學習王仁孝，按儒家的一套行事。少年時代的馮夢龍不僅受過系統的封建教育，而且他還多方面吮吸了「狼的乳汁」，一來他極富同情心和正義感，是個「情種」；二來他廣泛涉獵稗官野史，眾採博取，在一定程度上衝破了正統教育的束縛和局限，大大開闊了視野；再就是他喜歡兒童歌謠，並用心去記「十六不諧」和兒歌「螢燭，娘來裡，爺來裡，搓條麻繩縛來裡。得風婆婆草裡登，喝聲便起身」等等。

聰明好學的馮夢龍青年時期就高中秀才，可他始終沒有考中舉人，這在當時科舉選拔人才的制度下，對馮夢龍無疑是個沉重的打擊。於是，他轉入青樓酒館，過著放蕩不羈的生活，有機會了解都市下層人民的生活和思想。可貴的是，就是在寄情於青樓酒館的情況下，這位「情種」仍然沒有失去對「情」、「真」的追求。馮夢龍還深受明朝著名的思想家、史學家、文學家李贄的影響，對李贄推崇備至，將他奉為「蓍蔡」（占卜用的神龜和神草）。也接受了他在文藝方面的觀點，這對馮夢龍最終成為晚明通俗文學的大師起著非常重要的作用。

馮夢龍美學思想的最重要一點就是主張文學必須通俗，這是和他對於文學的社會作用的看法是聯繫在一起的。馮夢龍認為，文學應該對老百姓有一種勸誡和教化作用。因此，他把自己所編的三部短篇小說集之所以題名為《喻世明言》、《警世通言》、《醒世恆言》。

馮夢龍畢生從事戲曲、民歌和白話小說等通俗文學的蒐集、整理和編輯工作。他的全部作品共有多少，至今也沒有人能完全搞清楚。近年來，經過一些專家學者的不斷考證，可以確認為是他編著或創作的有五十多種，其中通俗文學就占四十多種，一千多萬字。主要有短篇白話小說集《喻世明言》、《警世通言》、《醒世恆言》三種，合稱「三言」，「三言」中每個短篇小說集各四十篇，共一百二十篇；經他加工、改寫、重新編著的長篇通俗小說有《新平妖傳》四十回、《新列國志》一百零八回、《古今列女傳演義》六卷（孫楷第先生注「似託馮夢龍」）、《皇明大儒王陽明先生出身靖難錄》上中下三卷（似他個人創作）；他撰寫的筆記小說有《智囊》（或題《增廣智囊補》）二十八卷，《古今談概》三十四卷。纂輯《情史類略》（或名《情史》）、《情天寶鑑》）、《笑府》等等；馮夢龍還有眾多戲劇作品，創作了《雙雄記》和《萬事足》兩種劇本，刪改舊作為《墨憨齋定本傳奇》，如收有〈新灌園〉、〈女丈夫〉、〈楚江情〉等等，不知其精確的劇目數字。又撰著、整理刊行過《掛枝兒》、《山歌》、《太霞新奏》、《宛轉歌》等民間歌曲八種，等等。幾乎囊括了當時東南地區通俗文學的所有領域和各種文學樣式，所以，有人稱他為「全能的通俗文學家」。

　　馮夢龍進步的文藝思想和他在通俗文學方面所作的努力和大量的工作，使他及他的作品在文學史上占有非常重要的位置，並產生了較大的影響。

馮夢龍的「三言」問世後，很受讀者的歡迎，一時間，文壇上曾掀起了一個短篇小說的收集和創作的熱潮。據第一個應書商的要求模仿馮夢龍這一行為進行加工和創作話本小說的凌濛初說，當時馮夢龍所編輯的「三言」，不但開一時新風，具有較好的現實教育意義，而且，宋、元兩代豐富多彩的話本小說幾乎全被他搜括了進去。

在整理編輯時，馮夢龍首先在不改變原義的情況下，對不少篇目進行了文字上的加工潤飾，糾正錯誤的地方，使作品語言流暢、連貫，並使得文章內容更加符合生活的內在發展邏輯。馮夢龍還將原先的五花八門的題目作了統一的處理。本來的話本小說，有的以人為題的如〈簡帖和尚〉，有的以物為題的如〈戒指兒記〉，有的以故事為題的如〈錯認屍〉、〈李元吳江救朱蛇〉等等，而且每個題目字數各不相同，「三言」則將它們統一以故事為題，字數每篇均為七個字或八個字，並且前後兩篇題目形成對偶的句子。再就是馮夢龍將所有的作品在敘事風格上進行了歸併統一，那些帶有「說話」口頭語言色彩的行話、套話，與整篇作品不協調的多被刪去。

作為深受李贄「童心」說影響而又生性為「情種」的馮夢龍，選錄作品時，在不改變情節主要布局的情況下往往進行局部的修改，以增強作品「情教」的功能效用。例如《六十家小說》的〈錯認屍〉中，有一個市井無賴王酒酒因敲詐喬彥傑的妻妾不成而去告官，致使喬家家破人亡。喬家僕人董小二先與喬彥傑的小老婆通姦，後來又誘姦了喬彥傑的女兒，喬彥傑的妻子一怒之下，合謀殺死了董小二，這的確有罪，但也是事出有因，而此時的王酒酒乘機敲詐也實在令人厭惡。〈錯認屍〉強調了喬彥傑貪淫好色沒有好下場，娶了一個如花似玉的妾放在家裡，弄得全家死光，卻沒有寫乘機敲詐人的王酒酒的結果如何。馮夢龍將這一舊本收入《警世通言》時改題為〈喬彥傑一妾破家〉，題目本身就很有教育意義，而且他認為，像王酒酒這樣的惡棍也不能輕易放過，就在故事的末尾增加了一大段文字，讓喬彥傑的陰魂來找他算賬，讓他也不得好死。再如《六十家小說》裡有一篇〈柳耆卿詩酒玩江樓記〉，寫在餘杭縣宰任上的柳永喜歡上了歌伎周月仙，而周月仙另有所愛，拒絕了柳永，柳永卻指使手下的人將她強姦，最後使周月仙任自己擺布，一種殘害婦女的惡劣行徑居然被編成一段風流佳話。馮夢龍曾在《古今小說序》中批評它粗俗低下淺薄，他把這篇小說編入《喻世明言》卷十二〈眾名姬春風吊柳七〉，作為情節的一部分。馮夢龍在文中將柳永寫成一個情種，得到青樓姐妹們的愛戴，而將〈玩江樓〉中柳永的行徑改換到劉二員外的頭上，把柳永改寫成一位替妓女們主持正義的護花使者，最後是柳永使得周月仙和她的情人美滿結合，類似這樣的改作體現了創作者新的審美趣味和價值取向。

「三言」中也有一些取材於當代現實生活的作品，如〈蔣興哥重會珍珠衫〉、〈沈小霞相會出師表〉、〈玉堂春落難逢夫〉等等，為後來凌濛初的「二拍」、陸人龍《型世言》的編寫創作等均開了很好的先例。

毫無疑問，是「三言」使得大量的宋、元、明三代的話本小說得以留傳下來，這些短篇小說是一筆巨大的財富，正如有些人所形容的那樣，它是話本小說的寶庫。「三言」是話本小說文體的奠基作，是它確定了話本小說的規範性文體，確定了文人進行話本小說創作的方式。以後產生的話本小說專集，無論從思想上還是從藝術上都未曾達到「三言」的水平。

「三言」所選一百二十篇小說，其中明代擬話本約有七八十篇。內容很複雜，多為精華，但也有糟粕。主要內容表現在以下幾個方面。

以愛情婚姻為題材的小說故事，在「三言」中占有相當大的比重，它們大膽肯定和歌頌青年男女間純真平等的愛情追求，描寫了被壓迫婦女嚮往幸福生活的願望，勇於否定和鞭撻「門當戶對」、「父母之命、媒妁之言」等封建觀念；同時也批判了喜新厭舊、忘恩負義、富貴易妻或有意破壞別人美滿婚姻的惡劣行為。如〈杜十娘怒沉百寶箱〉、〈金玉奴棒打薄情郎〉、〈賣油郎獨占花魁〉、〈王嬌鸞百年長恨〉等，都是具有代表性的作品。其他再如〈玉堂春落難逢夫〉、〈白娘子永鎮雷峰塔〉、〈宋小官團圓破氈笠〉等歌頌了男女間純真的愛情，都是非常有代表性的佳作。「三言」有關愛情婚姻題材的小說中，也有一些宣揚「夫榮妻貴」、「因果報應」，甚至充斥著色情描寫的作品，這些作品或因受封建思想的影響，或是為了迎合市民階層庸俗低級的審美趣味等，是它的糟粕部分。

「三言」中有些作品描寫封建統治階級的內部鬥爭，表現了人民對封建專制王朝極端腐朽黑暗的憤怒與譴責，有一定的認識價值。〈沈小霞相會出師表〉寫的是忠言直諫、嫉惡如仇的沈鍊和權姦嚴嵩父子及其黨羽之間的鬥爭。小說熱情歌頌了支持沈鍊父子鬥爭的賈石和馮主事，塑造了沈小霞妾聞淑英這樣一個有膽有識、有才有智的女性形象，在危難中，是她協助丈夫機智地逃出了解差的手掌。〈木綿庵鄭虎臣報冤〉通過對南宋奸相賈似道卑鄙、陰險、兇殘的骯髒一生的藝術再現，展示了昏庸的統治者給國家和人民帶來的無窮災難。〈盧太學詩酒傲王侯〉通過對浚縣丞汪岑陷害士紳盧柟的描寫，揭示了封建官僚殘酷的本相。

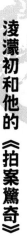

凌濛初和他的《拍案驚奇》

明朝天啟七年（一六二七年），蘇州大文豪馮夢龍完成了「三言」的編纂出版，轟動了當時的小說界。一時許多文人紛紛仿效，明末文壇出現了一個擬做話本小說的高潮。其中成就最顯著的是凌濛初。他的《初刻拍案驚奇》和《二刻拍案驚奇》（簡稱「二拍」）和馮氏的「三言」雙峰並峙，成為了晚明文學中最為引人注目的藝術奇葩。

凌濛初（一五八〇—一六四四年），字玄房，號初成，別號即空觀主人。出生於浙江烏程（今湖州）縣一個官宦世家，祖父和父親都是進士出身，做過官。凌濛初自幼天資聰穎，詩詞歌賦無不精通，年方十二就考取秀才，文名斐然，曾被當時著名的理學家耿定向稱譽為「天下士」。但從此以後他在科場上卻屢遭挫折，在杭州參加了兩次鄉試都沒有考中舉人，後又跑到南京參加國子監的考試，依舊榜上無名。他三戰皆北，已經是個「老童生」，還沒有放棄最後的努力，四十多歲時又長途跋涉趕往北京參加考試，結果再次名落孫山。淩濛初在科場中耗磨了半生精力，最終連個舉人都沒有做成，於是他寫了一篇〈絕交舉子書〉，決意告別仕途之路。之後他長期寓居南京，詩酒風流，以著述為生。直到崇禎七年（一六三四年），已經五十五歲的淩濛初才謀得了一個比「七品芝麻官」還要小一品的上海縣丞的官職。在上海八年，淩濛初勤於職守，政績卓異，六十三歲時擢升為徐州通判，駐守在房村。

此時明王朝已面臨覆滅的邊緣，李自成、張獻忠的農民起義軍進兵中原，勢如破竹，各地民眾紛起響應，江淮地區有陳小乙自稱蕭王，占據豐城擁眾數萬，黨羽遍布徐州境內。淩濛初獻〈剿寇十策〉協助淮徐兵備道何騰蛟征剿起義軍，並單騎趕往豐城招降陳小乙。崇禎十七年（一六四四年），李自成稱王，建大順年號，分兵進攻徐州，包圍房村。淩濛初率眾堅守，心力交瘁，嘔血不止，臨終前對百姓說：「我活的時候不能保護你們，死了也要變為厲鬼殺賊！」大呼「不要傷害百姓」而氣絕。終年六十五歲。

淩濛初的文學活動，主要集中在科場失意後寓居南京的一段時間。淩濛初寓居南京期間，結交了許多文人名流，像馮夢禎、王稚登、袁中道、陳繼儒，以及「竟陵派」的代表人物鍾惺、譚元春等，凌氏和他們都有過密切的交往。對淩濛初影響最大的兩位作家是湯顯祖和馮夢龍。淩濛初十分敬佩湯顯祖，曾把自己的五種劇作寄給湯顯祖，深受賞識。湯顯祖親筆回信盛讚淩濛初才情「爛漫陸離」，是「名手」。天啟七年（一六二七年），馮夢龍為出版他的「三言」的最後一「言」——《醒世恆言》而去過南京，淩濛初曾慕名拜訪。正是從這年起，淩濛初才開始寫小說。淩濛初從事白話小說的創作，無疑受到了馮夢龍的影響。

淩濛初寫作「二拍」，起先是因為科場失意，藉此發洩心中不平，以遊戲筆墨求取精神的慰藉。這時他創作小說是基於對現實的認識、思考及感慨，是「發憤之所作」。孰料「初刻」問世不脛而走，書商見有利可圖，慫恿淩氏續寫，於是作品就從作者的主觀發洩轉而成為獲取贏利的市場文學。淩濛初考慮到小說的銷路，就要注重小說的娛樂性和獵奇性，以迎合市民為主體的讀者群的口味。因此，「二拍」在思想內容上表現出極為複雜的現象，展現在讀者面前的是一幅魚龍混雜、泥沙俱下的社會風俗畫長卷。朝廷權貴、府縣官吏、名宿大儒、青衿學子、農夫商販、寺院僧徒、青樓女子、早慧神童，乃至地痞無賴、賭徒神偷，三教九流，無所不有。由這些人物，敷演出形形色色曲折生動的故事。在敷陳故事中，展現了淩濛初或進步或落後的思想觀念。

公案故事在「二拍」中占有很大比重，其主題多是暴露封建統治的黑暗殘酷。〈進香客莽看金剛經，出獄僧巧完法會分〉，寫卑鄙貪婪的柳太守，濫用職權，誣攀洞庭山寺僧為盜，巧取豪奪白居易手書的金剛經。〈青樓市探人蹤，紅花場假鬼鬧〉，寫一個貪酷狠毒的楊僉憲，為了吞沒五百兩的賄賂，竟殺害了張廩生主僕五命，埋在紅花地裡。小說中描寫酷吏嚴刑逼供、顛倒黑白、草菅人命的故事更是不計其數。〈偽漢裔奪妾山中，假將軍還姝江上〉，寫的是「盜通官」、「官即盜」的現實。作者引用了一首元代民謠：「解賊一金並一鼓，迎官兩鼓一聲鑼；金鼓看來都一樣，官人與賊差不多。」非常形象而又尖銳地對貪官汙吏、豪紳惡霸進行揭露和批判。

經商故事是「二拍」值得注意的作品。這些故事表現出進步的重商思想。重農輕商，本是以農立國的整個封建社會中根深蒂固的傳統觀念。到了明代，由於商業經濟的發展，激起了各階層人們追求金錢財富的強烈欲望，有錢的商人受到社會的尊重和羨慕，凌濛初自己也做過書商，因而他在「二拍」中，不僅把商人的將本求利，視為正當的手段，而且還熱情地謳歌了商人的創業精神及種種義舉等，客觀地表現了市民階層中商人熾烈的發財幻想和對金錢的頂禮膜拜，含有資本主義思想的萌芽。

〈轉運漢巧遇洞庭紅，波斯胡指破鼉龍殼〉是《初刻拍案驚奇》的首篇小說，寫的是一破產商人出海經商，意外致富的故事。小說的主人公文若虛，本是世家出身，「琴棋書畫、吹彈歌舞，件件精通」，但他沒有走中國傳統知識分子通過科舉仕途光大門戶的老路，而是看見別人經商發了財，便也思量「下海」做生意。可是由於不善經營，連連虧本，幾乎把家中的財產賠得精光。正在窮困潦倒、百無聊賴之際，一個偶然機會，他隨海外貿易的商船到了吉零國，以一兩銀子從蘇州買來的一百多斤洞庭紅橘，被吉零國人當做稀罕寶物，高價出售賺了八百多兩銀子，發了一筆小財。在返國途中，又因遇上大風隨船飄到一個荒島上，於草叢中意外地拾到一巨大破龜殼，帶回福建，被波斯胡商識破是內藏有夜明珠的鼉龍殼，以五萬高價收購。文若虛從一「倒運漢」，一夜之間成了巨富。小說的情節雖然單調，但卻曲折地表現了商人海外轉運發財暴富的白日夢主題。

如果說〈轉運漢巧遇洞庭紅〉是一篇描寫商人轉運致富的童話，那麼，「二拍」中另一篇小說〈疊居奇程客得助，三救厄海神顯靈〉（《二刻拍案驚奇》卷三十七）則是更具神奇、夢幻色彩的發財神話。小說是凌濛初根據明嘉靖年間蔡羽寫的〈遼陽海神傳〉敷演而成的，寫徽州商人程宰到關外經商，經海神指點發財的故事。作品以浪漫的手法，幻想的形式表現出商人渴望經商發財的白日夢。程宰兄弟從徽州到遼陽去經營販賣人參、松子、貂皮生意，不料折了本錢，無顏回鄉，窮困潦倒，淪為傭工。正當山窮水盡之時，程宰夢見女神前來歡會，兩人做了露水夫妻。程宰把自己經商失敗的遭遇告訴給女神，女神鼓勵程宰再去經營，並指點謀利途徑。第一次女神讓程宰用十兩銀子買下兩千斤滯銷的草藥，幾日後遼東瘟疫流行，草藥價錢猛漲，程宰拋售，獲利五百兩銀子。第二次女神又讓程宰用五百兩銀子買下荊州商人的一批被雨淋了的彩緞，放在家中一個月後，江西有人造反，朝廷急調遼兵南討，軍中需緞布趕做戎裝，程宰把那批斑斑點點的彩緞以三倍的好價錢出手，又足足賺了千金。第三次程宰在女神的鼓動下，又用千金買下了蘇州商人的六千多匹白粗布，幾個月後，明武宗皇帝駕崩，天下人要戴國孝，白粗布一時成了緊俏貨，程宰獲利三四千金。就這樣在女神的點化下，程宰採用囤積居奇、賤買貴賣的方式，經營了四五年，積累了五七萬的資本，成為巨富。後程宰和女神分別，歸鄉途中遇到三次大難，皆因夢見女神指點而免禍。

在「三言」中，也有許多描寫商人發財夢的作品，但著重描寫的是商人重義守信、好心致富，而在「二拍」中，商人的發財夢則主要表現在商人對高額利潤的追求。「三言」中的發財夢，都顯得比較拘謹、小本經營、小打小鬧，反映的是商人剛剛登上歷史舞台時的精神面貌。而「二拍」中的發財夢則顯得開放得多，發大財，致巨富，充滿冒險精神，表現出已經占據歷史舞台的商人們迅速崛起的態勢和蓬勃的精神風貌。這是「二拍」比「三言」中這類作品更富於時代氣息的地方。

男女情愛，是「二拍」的一個重點主題。淩濛初對婦女問題，具有比較進步的見解。二刻卷十七寫少女蜚蛾自幼女扮男裝在學堂讀書，私下看中了男同學杜子中，故事與〈梁山伯與祝英台〉頗為相似。不同的是蜚娥終於如願以償，其間並沒有父母的干涉。這是對封建社會女子婚姻全由「父母之命，媒妁之言」決定的一種否定和叛逆。〈滿少卿飢附飽颺，焦文姬生仇死報〉對男子遺棄經過戀愛而結合的愛人加以嚴厲斥責。小說中的滿少卿，被焦文姬死後的鬼魂捉將了去，實際是寫出了一切王魁式的男人的必然下場。在這篇小說的「入話」中，凌濛初大聲疾呼為婦女鳴不平，指出男人續弦再娶，宿娼養妓，世人不以為意；女子再嫁，偶有外情，便萬口訾議，人世羞言，這是不公平的。此「入話」可以算得上最早的男女平等宣言。

〈小道人一著饒天下，女棋童兩局注終身〉也是一篇描寫青年男女婚姻自主的小說。故事寫男青年周國能自幼喜歡下圍棋，棋藝超人，無人能敵。父母見他年長，要替他娶妻，他不願意，於是扮成道童雲遊天下。在燕山遇見遼國圍棋第一高手女棋童妙觀，見她天生麗質，頓生傾慕之心，決心要娶以為妻，否則誓不還鄉。他先是借看教下棋為名以圖接近妙觀，偶爾露出一二「神著」，使妙觀對自己有深刻印象。後又在妙觀棋館的對門掛出「奉饒天下最高手一先」的牌子公開挑戰，激妙觀出來與自己對陣，妙觀知其棋藝高超不敢貿然應戰。但好事之人要觀其高低，拿出二百貫錢做獎金，硬要二人比試。比試之前，妙觀央人求周國能讓棋，周國能趁機提出締結婚約的要求，妙觀含糊答應了。結果周國能讓她贏了半子。但妙觀勝後變卦，不肯答應婚事。周國能情知中計，後悔不及，便在到王府下棋時公開了讓棋真相。諸王不信，定要當面見高低，於是請來妙觀。周國能提出「若小子勝了，贏小娘子做個妻房」的要求，諸王大笑，願作保成全此「風流佳話」。周國能勝後，妙觀仍以「戲言」為辭，但心中早已動情，最後兩人終結良緣。

這個妙趣橫生的喜劇故事，既反映了市民階層對技藝智能的重視，更反映了對自主婚姻的讚美。周國能完全是憑自己有下棋絕技自主地找到志同道合者結為夫妻的，而且是在大庭廣眾下公開求婚。妙觀雖對他拒絕、謊騙反悔，主要是因為顧惜面子，其實內心已選擇了周國能為理想配偶。所以他們結合後，兩情極為和洽。在賭棋議婚的過程中，雖是周國能主動，妙觀被動，但實質上妙觀對婚姻也是在「自商量」的，並沒有取決於他人，對周國能的求婚她是「含糊」答應的，而其拒絕只不過是女子玩的愛情遊戲罷了。至於「父母之命，媒妁之言」在這則故事中更是看不到半點影子。

但是在這類描寫男女情愛的小說中，露骨的色情描寫卻占了很大的比重，顯露出一些庸俗的趣味，這是與明代的時代風尚和社會生活的糜爛有關，凌濛初也不能免俗。可是凌濛初小說中的色情描寫表現出作者對人性的認識和評價，與明代那些純粹描寫肉慾的豔情小說不同。

另外，「二拍」中還有一些作品表現出宿命論、因果輪迴等落後迷信思想，還有一些作品歪曲醜化農民起義。

淩濛初的「二拍」，作為短篇白話小說的藝術寶庫，真實而全面地反映明末社會的生活面貌和精神風尚，雖然精華與糟粕混雜，但仍不失為一部封建社會後期的百科全書。

「二拍」中的人生騙局揭祕

「二拍」中有一類作品，描寫的是市井無賴設局詐騙錢財的故事，這樣題材的作品在以往的小說中很少見到。淩濛初用犀利的眼光盯住這些「耳目前怪怪奇奇」之事，以細膩的筆觸描繪出市井社會的芸芸眾生相，勾勒出一幅洋溢著濃郁生活氣息的世俗風情畫，拉開明末時代帷幕的一角，非常真實地反映了當時的現實風貌，具有較高的社會認識價值。

〈丹客半黍九還，富翁千金一笑〉（《初刻拍案驚奇》卷十八）是寫方士用煉丹術拐騙錢財的故事。這種騙局名為「黃白之術」，設計得極為高明。這些江湖騙子宣稱有一種丹藥能點「鉛鐵為金，死汞為銀」，只要用少量的銀子作原材料來煉成這種丹藥，就會擁有花費不完的金銀財富。這對貪婪愛財之徒極有吸引力，因而許多人都相信此道，紛紛聘請丹客替自己煉丹。在煉丹的過程中，這些騙子神出鬼沒地把「母銀」（作為煉丹材料的銀子）轉移走，然後巧妙地溜之大吉，江湖術語叫「提罐」，而受騙者尚不自知，本篇小說的主人公潘富翁就是一個酷信丹術之人，多次遭丹客詐騙，仍不醒悟。遠近丹客盡知有這樣一個癡夫，都思量著騙他。一日他到西湖遊賞，見一遠客攜一美妾也來遊湖，所用器物全是金銀所做，極為闊綽氣派，於是心生豔羨。聞知是一丹客，能用「九還丹」點汞為銀，即殷勤延請至家求教。丹客告訴他「九還丹」的煉製方法，母銀越多，煉出的丹頭越精，若得半黍大的丹頭，就會富可敵國。富翁暴富心切，拿出兩千金，交於丹客作母銀封爐煉丹。丹客故弄玄虛，說是要等九九八十一天才能鍊成，然後就整日陪富翁清談飲酒。這期間美妾經常出入左右，向富翁頻送秋波，使富翁動了邪念。突然丹客接到母喪之訊，留下美妾看守丹爐，就匆匆趕回家去奔喪。富翁色迷心竅，乘機在丹房中勾引美妾，作了苟且之事。丹客回來後，進丹房打開鼎爐，見裡面空空如也，不僅沒有真丹，連母銀也不見分毫，斷定是有人在丹房中做了汙穢之事而觸犯了丹氣。叫出美妾嚴加拷問，美妾哭哭啼啼道出實情，丹客大怒不已。富翁理虧，拿出三百兩銀子作為賠償，丹客才罵詈著帶美妾離去。富翁嚇得魂不附體，雖折了銀子，還以為是自家不是，卻不知是丹客做成的圈套。在丹客假裝回家奔喪之時，就已將兩千金轉移走了，留下美妾守爐，也是安排好了的美人計，最後反咬一口，使富翁受騙而不自知。這樣幾次富翁的家產就被拐騙一空。後富翁窮困潦倒之際，又被丹客花言巧語拉入一夥，剃髮扮成頭陀隨丹客到山東煉丹騙人，丹客夜間把「母銀」提罐而走，撇他在主家作質，被捉拿治罪。釋放後沿途乞討回家，途中遇前丹客的美妾，原來是一娼妓，被丹客包了做騙人之局的，這時才如夢方醒。

這篇小說中，凌濛初非常詳盡曲折地揭穿丹客的騙局，奉勸世人引以為戒，這在當時是有著現實意義的。明代道教盛行，明世宗皇帝信奉服食求仙，喜歡和方士交接，一時黃冠羽服之流充塞都下，道士邵元節、陶仲文輩深受寵信。大臣楊最、夏言等忠言進諫勸阻，都被治罪杖死，從此朝中再也沒人敢對方士有所非議。流風所及，縉紳士大夫也紛紛拜倒在方士腳下，到處設壇打醮，煉丹服藥，鬧得烏煙瘴氣。而在社會上，藉煉丹為名，設立圈套騙取錢財的江湖騙子更是與日俱增。相傳唐伯虎就曾遇到過這種騙子，他不信，做詩揭露道：「破布衫巾破布裙，逢人慣說今燒銀。自家何不燒些用，提水河頭賣與人？」凌濛初對這種世風，流露出反感的情緒，特別是對當時酷信丹術者的貪心和惡習，還作了嘲諷和批判：「如今這些貪人，擁著嬌妻美妾，求田問舍，損人肥己，搬斤播兩，何等肚腸！尋著一夥酒肉道人，指望煉成了丹，要受用一生，遺之子孫，豈不癡了？」丹客之所以能夠設騙成功，一方面固然是設計巧妙，另一方面也與人的貪財心理有關。明代商業資本的活躍，引起了地主階級貪婪地攫取財富的欲望，他們妄想著能夠「金銀高北斗」，永遠使用不盡，「也要煉銀子，也要做神仙，也要女色取樂」，這種貪得無厭的本性正中騙子的下懷。淩濛初通過潘富翁這一形象，對貪財者的愚昧可笑進行了辛辣的諷刺。

〈趙縣君喬送黃柑，吳宣教幹償白鏹〉（《二刻拍案驚奇》卷十四）是描寫一種叫做「紮火囤」的騙局。所謂「紮火囤」者，是騙子利用婦人來引誘有錢子弟，待兩人在一塊約會時，闖進去捉姦，訛詐錢財。這種騙術雖然比較簡單，但上當者卻很多，特別是那些貪色之徒，最容易著道入彀。本篇小說中的吳宣教，就是因為貪愛風情而被人騙入了圈套。吳宣教帶著金銀珠寶寓居客店，本是想到吏部拉關係走門路以求調任升官的，但因為他常常出遊妓館，衣著鮮麗，所以引起了騙子的注意。於是在客店對面的一所小宅院中，就有一位婦人時常出現在門首，並不時傳出妖聲媚語的說話聲和「柳絲只解風前舞，誚系惹那人不住」的唱歌聲，使風流成性的吳宣教想入非非，「恨不得走過去，揎開簾子一看」。緊接著就有一賭徒挑著黃柑過來，誘使吳宣教賭黃柑嚐鮮。吳宣教連輸了一萬錢，一個柑子也沒吃到口。

正在窘迫著急之時，有一小童忽然出現，送給了他一小盒黃柑，說是對面趙縣君不忍見其輸錢而奉送的，並暗示出趙縣君的丈夫外出不在家的資訊。這使吳宣教心中立即產生了「他有此美情，況且大夫不在，必有可圖，煞是好機會」的想法，於是殷勤回禮答謝，並急迫地提出相見一面的要求。這個時候吳宣教已經主動地上鉤了。但釣魚者並不立即提鉤，為了釣牢大魚，巧妙地使用出欲擒故縱的招數。趙縣君半推半就地答應了吳宣教的要求，在客廳中接見了他，態度故作矜持，「顏色莊嚴，毫不可犯」。但她的如花似玉的容貌卻讓吳宣教「滿身酥麻」、「心魂繚亂」，不由得晝思夜想。正在吳宣教「思量尋機會挨光」之時，小童又過來告訴他趙縣君的生日到了，吳宣教哪裡肯放過這個「挨光」的機會，於是備禮前去作賀。酒席間趙縣君特意單獨陪他吃酒，雖然露出綿綿情意，但禮節周全，態度客氣，使吳宣教「開不得閒口」調情。搞得吳宣教心癢難耐，於是連夜寫了一首情詩，第二天託小童送與縣君進行試探。至此吳宣教的胃口已被吊足了，趙縣君才開始提鉤。她回贈給吳宣教兩縷青絲和一首表達獨守空房寂寥的苦悶之情的詩箋，並約吳宣教前來寢室幽會。正當吳宣教性急求歡之時，忽然外面人馬喧嚷，原來是趙縣君的丈夫回來了，吳宣教嚇得躲進了床底。趙大夫走進臥室，要人端水洗腳，故意把水潑流進床底，吳宣教弄出了聲響，被趙大夫抓住捆了起來，大吵大鬧要送官府。這時趙縣君哭哭啼啼地求情，吳宣教認罰了兩千緡錢才算了事。

第二天，吳宣教發現對門趙家已經人去樓空，才知是中了美人之局被紮了火囤。一臠肉味未曾嚐，賠錢賠本惹身羶，吳宣教驚羞過度，「忽忽如有所失」，不久「感了一場纏綿之疾，竟不及調官而終」。

在本篇小說的入話中，敘述了兩則騙子紮火囤的故事，《初刻拍案驚奇》卷十六〈張溜兒熟布迷魂局，陸惠娘立決到頭緣〉也是寫騙子張溜兒利用妻子陸惠娘詐人錢財，可見「紮火囤」在當時是非常普遍的現象。凌濛初利用小說對這種人生騙局進行揭祕，真實地反映了明末社會黑暗的一角。而凌濛初給受騙者安排了悲慘的結局，像吳宣教不僅人財兩空，而且為此而一命嗚呼，其主旨在於批判這些騙子的危害，並藉以警告貪淫好色者「宜以此為鑑」。比「二拍」早二百多年的西方小說卜迦丘的《十日談》中，也有類似「紮火囤」的故事。此書第八天第奧紐的故事寫西西里島上有一批容貌姣好的女人，專靠施美人計來勾引商人上圈套，害得他們傾家蕩產。但卜迦丘並不像凌濛初那樣對騙子進行批判，而是以讚嘆的口氣說：「這班可愛的女理髮師，她運用起剃刀來真是麻利極了。」反而對他們的智慧倍加讚揚，表現了歐洲文藝復興時期對傳統道德觀念的衝破。而凌濛初揭穿了人生騙局，很明顯帶有世俗的色彩，體現了中國傳統的道德觀念，是明末畸形社會生活的一面鏡子。

神魔鬥法：正邪共聚封神榜

《封神演義》這部小說大概產生於明代隆慶、萬曆年間，它是由鍾山逸叟許仲琳編輯的。關於許仲琳的身世如何，目前還沒有考證出來。作者以宋元講史話本《武王伐紂平話》為基礎，博採民間傳說，加上自己的虛構，演繹成了百回長篇神魔小說。它一方面假借歷史事件託古諷今，曲折地反映了社會現實；另一方面通過神魔鬥法的描寫，宣揚了「三教合一」的思想。

《封神演義》主要是寫殷商與周鬥爭的一段史實。但《封神演義》的內容，和過去傳統的歷史記載，相差很遠，書中許多主要人物的姓名都是不見經傳的，完全是出於虛構，有些人物的生卒年代也和正史所載不符。它不是《三國演義》式的歷史小說，而是近似於《西遊記》式的神話小說。

「封神」是這部小說的重要主題。當小說寫姜子牙奉天征討，滅紂興周的大事已定之後，便請武王給假去完成封神大事。他認為助周滅紂，弔民伐罪，原是應運而興，凡人、仙皆逢劫殺，先建築了封神台，立了封神榜。戰爭結束了，死去的人、仙魂魄飄盪無依，他要往崑崙山見師尊，請玉符、金冊封眾神。不久，元始天尊派白鶴童子親齎符敕降臨相府，子牙接過符敕進了封神台，宣讀了元始天尊誥敕，大意是說，這些遭劫的魂魄，有的可以脫卻凡軀而盡忠報國，有的卻因為嗔怒未除掉而自己惹上災殃。真是生死輪迴，循環無盡，孽冤輪逐，轉輾相報無止。可憐他們身受刀兵之災，獻出熱血生命，沉淪於苦海之中，雖然各個盡忠，卻又死魂漂泊無依。特命姜子牙依照劫運（即天命輪迴）的輕重，按照他們資質品行的高下，封他們為天下八部正神，分掌各部司，按照秩序遍布天下，來糾察人間的善惡，檢舉天、地、人三界的各類人物的功勞行為。他們的禍福要看他們自己的作為，他們的生死從此超脫，以後有功勞的時候，再照著順序升遷。各自要好好遵守天規大法，不要放肆貪心，自己惹上災殃，以留下永久的哀戚。並將他們的行為，永遠寫在天上的簿子裡。所以現在告誡他們一番，希望他們好好努力。

這個封神敕文，以及封神全書的故事內容，反映了中國古代的封建迷信思想，包容了古來的淫祀、災異、瑞應、圖墓、天象、占卜、夢兆、拆字以及古來的地理傳說、風土人情傳說、開天闢地神話，以及佛教的因果輪迴、報應和道教的導引、服食、佛道雜糅的鬼神、妖怪、還魂、託夢、定命、仙道等雜說異想。

《封神演義》這部小說面世後，近三四百年來，在我國民間流傳得比較廣泛，其中的一些故事情節，為人們津津樂道。其所以如此，除了它的故事內容對讀者有一定的吸引力外，在藝術特色上也有它吸引人的特點。

首先，《封神演義》的作者在藝術上充分發揮了神話傳說善於誇張、富於想像的特長，在《武王伐紂平話》的基礎上，將其他有關殷、周鬥爭和宗教鬥爭的神話、傳說、遺聞、軼事，運用自己的想像力，誇張渲染，集中整理，進行了再創造。主要表現在以下幾方面：一是賦予各色人物以奇形怪貌和奇能怪技。如雷震子脅下生有可以飛翔的肉翅，雙手能發雷颳風。哪吒蓮花化體，後來又成為三頭八臂，可以迎戰四面八方的敵人，法力大增。楊任被剜目後，卻又在眼中長出雙手，手掌裡長出神目，可以任意轉動視角，且有透視一切的功能。這些奇形怪狀的人物又各有奇特怪異的仙術道法，出人意料地克敵制勝，引起讀者的廣泛興趣。如土行孫等人利用土遁、水遁可以迅行無蹤，即使被敵人捉住，只要他一接觸地面、水面，便可以逃離險境，他有幾次都是利用對手的無知或麻痺而化險為夷，他在沒有歸降姜子牙之前，在姜子牙的人馬遭到他的幾次暗算後，姜子牙的軍營曾因懼怕他的偷襲而日夜不寧。七歲的哪吒竟可以用他的混天綾在水中晃動，竟有翻江倒海的本領；他的三頭八臂，各有用處，各顯神通，一手執乾坤圈，一手執混天綾，一手執金磚，兩隻手擎火尖槍，還有九龍神火罩及陰陽劍，八隻手拿八件兵器。師父又傳他隱現之法，隱隱現現，可憑自己心意，他本領高強，神通廣大，百戰百勝，所向無敵。楊戩修煉成九轉元功，會七十二變，有無窮妙道，變化無窮，而他的多謀善斷的智慧，使其七十二變化成為降魔擒敵的法寶，他是一個超群絕倫的人，他在戰魔家四將、擒土行孫和斗梅山七怪等著名戰役中，有著集中而精彩的表現。姜子牙也有玄妙的法術，他有識別妖魅的慧眼，他有任意縱水火的手段，火燒玉石琵琶精，冰封岐山，置敵人於死地。《封神演義》中具有高明的奇怪法術的人還有很多，使讀者大開眼界。除了奇特的法術外，作者還寫了呂岳把瘟丹灑入兩岐城泉河道之中，使兩岐軍民都感染了瘟疫；余德把毒痘向四面八方潑灑，使周營三軍人人發熱，渾身長出天花，不僅喪失了作戰能力，而且危及生命。作者憑他的豐富而卓越的想像力，以散佈傳染病毒為手段致敵人於死命。

二是在描述中國古代戰陣內容方面繁複而奇妙，並且把各式各樣的演陣布兵之術加以神話化。中國古代軍事家在研究戰略戰術時很重視戰陣的運用，這在《水滸傳》、《三國演義》等小說中均有一些對戰陣的詳細描述，《封神演義》描寫的戰陣最多，殺傷力也最厲害，如十絕陣（包括天絕陣、地烈陣、風吼陣、寒冰陣、金光陣、化血陣、烈焰陣、落魂陣、紅水陣、紅砂陣）、黃河陣、誅仙陣、瘟癀陣、萬仙陣等，這些戰陣中都有無窮的變化，玄妙莫測的法術。雖然是荒誕不經，但卻反映了作者奇特的想像力。

三是對戰爭武器和手段的奇特聯想，一些家用常見之物，一經神仙魔道之手，即能變做致人死地的新穎武器。如哪吒玩耍時拿的一條綾帶，在江河中一晃，竟然產生江河湧濤、乾坤動撼的巨大威力。再如廣法天尊的遁龍樁、魔禮紅的混元珍珠傘等等形形色色的武器，都力圖從平凡中生發新奇，這些武器對讀者來說是神奇的，但卻不是陌生的，是日常生活中熟知的，卻又是神祕的，容易對讀者產生吸引力。比如哪吒的風火輪、混天綾和乾坤圈，給讀者特別是少年朋友們增添了無限的遐想，啟發了無窮的幻想，吸引了一代又一代的讀者。

其次，在人物形象的塑造上取得了一定的成就，有些人物形象豐滿，性格鮮明，具有很強的感染力。哪吒就是作者著力描繪的神話英雄之一。其他如黃天化的烈性如火，崇侯虎的貪鄙橫暴，妲己的陰險殘忍，尤渾、費仲的反覆無常，楊戩的機謀果敢，都刻畫得令人信服。有的人物刻畫得頗具典型意義，如申公豹的陰險惡毒、忘恩負義、倒行逆施、玩弄權術、善於挑撥等品性，是反覆無常的小人的代表。後人對身邊的這類小人稱之為「申公豹」。

作品對姜子牙性格的刻畫是多方面的，比如他公平正直，謙恭下士，嚴格治軍，寬宏大度，神機妙算，等等，成了人們幻想中的救世主。作者也並沒有把他寫成盡善盡美的完人，書中也寫了他的弱點和缺點，但他畢竟是仙人，作為文學形象，具有類型化的特點，是理想主義的化身。

《封神演義》中最具類型化特點的人物是楊戩。他是個智勇雙全、無所不能的完美人物，在他身上看不見個人的感情和內心的矛盾，甚至沒有輕微的嘆息，唯有睿智和神勇涵蓋著一切，這固然是盡善盡美了，但是連人人所必具的個性也被智慧、機敏之類的理念所包容，成為在傳統美學思想制約下所創造出來的類型化的扁平人物。

《封神演義》在藝術創造上的獨創性和成功，使它數百年來流行不衰，深受讀者的歡迎。

《封神演義》中的小英雄哪吒

哪吒，是《封神演義》裡塑造的極有個性的神話人物。

哪吒的父親李靖，是陳塘關的總兵，母親殷氏。據說，哪吒是乾元山金光洞太乙真人弟子靈珠子奉玉虛宮法牒，脫化陳塘關李門子，輔佐姜子牙滅亡成湯。因此，哪吒的出生就充滿神奇色彩。李靖夫人殷氏懷孕了三年零六個月後，夢見道人送她一子，猛然驚醒，生下一個肉球，李靖以為是生下一個妖怪，拔劍向滾動的肉球砍去，卻見從刺破的肉球中跳出一個手套金鐲、腰圍紅綾、滿地亂跑的男孩。這金鐲和紅綾就是太乙真人的鎮洞之寶乾坤圈和混天綾。生下第二天，太乙真人來李靖家道賀，並收孩子做徒弟，取名哪吒。

哪吒是一個天真活潑，恩怨分明，不受欺凌，反抗性很強，令人喜愛的人物形象。

「哪吒鬧海」一節，把一個七歲哪吒到東海口嬉水乘涼時的頑皮心性刻畫得鮮活生動。他饒有興趣地在水中用混天綾玩耍，誰知他擺一擺，江河晃動，搖一搖，龍宮震撼，驚動了龍王敖光。龍王派巡海夜叉李艮查問，二人發生口角，李艮蠻橫地用手中的大斧劈向哪吒，哪吒便用乾坤圈抵擋，結果把李艮打得腦漿迸出。之後，哪吒又用手中的混天綾，將前來廝殺的龍王三太子敖丙裹住，又用乾坤圈打出了敖丙的原形——小龍。哪吒並不認為自己惹了禍，倒覺得好玩，命家人把小龍拖回家中，抽出龍筋，為父親編織一條龍筋帶，表示他對父親的孝順之心。當龍王來找李靖告狀時，李靖夫妻才知哪吒在外邊惹了大禍，李靖責備哪吒，哪吒既不服氣，也不願給龍王賠禮。龍王便到天宮玉帝面前告狀。哪吒得知東海龍王去天宮告他，便飛追到天上。抓住龍王痛打一頓，還抓下龍王的幾十片鱗甲，迫使龍王連連告饒。哪吒並不認為自己的過錯有多麼嚴重，只輕描淡寫地說是由於「一時性急」。當四海龍王敖光、敖順、敖明、敖吉連名奏准玉帝來捉拿李靖夫婦問罪時，哪吒便說：「我一人做事一人當，我打死敖丙、李艮，由我來償命，不要連累我的父母！」這種敢作敢當、勇於承擔責任的精神，讓人覺得淳樸天真得可愛。在他看來，他打死巡海夜叉完全是為了自衛，是李艮先欺侮了他，至於事情的嚴重後果他沒有考慮到，也不會考慮到，因為他還不知手中的乾坤圈和混天綾究竟有多大威力，他只是覺得好玩，更不會想到會牽連到他的父母。只顧自己隨心所欲、玩耍高興、不顧及後果的行為，正是對七歲孩童天真心理的真實刻畫。

本著同樣的心態，哪吒又在陳塘關城樓上乘涼時因玩耍「震天箭」惹下了大禍，真是一波未平一波再起。打死龍王三太子的禍事尚未完結，他又玩起陳塘關樓上的乾坤弓，他還煞有介事地想：「師父說我後來做先行官，破成湯天下，如今不習弓馬，更待何時？況且有現成弓箭，何不演習演習？」其實，這不過是為了好玩，他不過是毫無目的地射一箭玩玩而已。事有湊巧，禍不單行，這一箭恰好射死了石磯娘娘門人，石磯娘娘斥責他，他既不服氣，也不認錯，仗著乾坤圈和混天綾和石磯娘娘打起來。真是初生犢兒不怕虎，天真得有點兒歪攪胡纏了。

哪吒一次又一次地闖下大禍，給父母造下了許多罪。他自知對不起父母，為了不連累父母，哪吒自己斷臂剖腹，剜腸剔骨，還於父母。他的行為，感動了龍王，便不再追究，李靖夫婦亦因此得救。

哪吒的恩怨分明和反抗精神，還表現在得知父親李靖對他魂魄無理逼迫後進行報仇方面。哪吒肉身死後，魂魄飄盪到師父太乙真人洞裡。太乙真人感傷地告訴哪吒，趕緊給母親託夢，讓她給你建哪吒廟，受三年人間香煙，然後師父再賜給你形體。李靖卻不同意為哪吒建廟，殷氏只得偷偷為哪吒建廟，李靖發現後，又派人搗毀了哪吒廟。這使哪吒無法容忍，他認為骨肉已經歸還父母，便不再相干，如仍要加害，便成了仇敵。哪吒只得再去求助師父，陳述自己的悲苦之情。太乙真人也很生氣，便幫哪吒藉蓮花再度化身成形，依然是過去的形象。此後，哪吒聽從師父的教誨，苦練槍法和腳踏風火二輪的本領。練好了武功和法術，他便私自下山跑到李靖帥府外要報仇。他大聲斥責李靖道：「我骨肉已交還與你，我與你無相干礙，你為何往翠屏山鞭打我的金身，火燒我的行宮？今日拿你，報一鞭之恨！」李靖打不贏哪吒，汗流浹背敗走，若不是文殊廣法天尊及燃燈道人先後解救，性命難保。哪吒找李靖報仇的行為，與封建宗法制度規定的「君要臣死，臣不死是為不忠，父要子亡，子不亡是為不孝」的原則相違背，在當時是被認為大逆不道、天理難容的行為，而他卻毫無顧忌，依然我行我素。他的叛逆精神，他的恩怨分明、不受欺凌的性格，給人留下了深刻的印象。

在太乙真人、文殊廣法天尊等的教育和調解下，哪吒與李靖和好，共同輔佐宰相姜子牙，扶周滅商。

哪吒在助周滅紂中的第一功，是解救黃飛虎全家被俘之難，即穿雲關之戰。黃飛虎去投奔西岐，全家十一口人在途中先後被俘，汜水關總兵韓榮派余化帶三千人馬，把他們解往朝歌請功，太乙真人就派哪吒下山解救。哪吒破了余化的妖術，余化敗走，黃飛虎全家得救。接著，哪吒又大戰汜水關，打敗了韓榮，將黃飛虎送出關外，然後回山復命。他一個人殺敗了上千人馬，立下了大功。

哪吒神通廣大，幾乎是百戰百勝，堪稱舉世無雙的常勝將軍。這除了因他的武藝和法術高超外，還因為他與一般的血肉之身的凡人不同，是蓮花化身。敵人的某些特殊妖術，在他的身上都失靈無效。因此，他在爭戰中連連告捷，成為姜子牙帳下征討紂王的重要戰將，擔當舉足輕重的先行官。他越戰越勇，越戰越強，在攻打青龍關中又立下了大功，保證了糧道暢通，進軍無後顧之憂。後來在師父的幫助下，哪吒長出了三頭八臂，變得更加神通廣大。哪吒的這種形象，源於人們實際生活中的願望、理想。人們常把精明強悍的能人誇張為長有「三頭六臂」，哪吒不只是三頭六臂，而是三頭八臂，這意味著他的本領更高強，堪稱舉世無雙。果然，此後哪吒打起仗來，前後左右，三頭八臂，一人對付十人綽綽有餘，立下了赫赫戰功。界牌關刺死王豹，穿雲關燒死馬忠，殺死龍安吉，潼關擊傷卞吉，澠池城上刺死高蘭英，梅山之戰與楊戩一起全殲七怪，真所謂百戰百勝，所向無敵，直打到商紂王自殺身死，才回到乾元山修成正果，恢復靈珠子清靜的本性。

滅亡了商紂王，周武王登位，眾文武等待論功行賞，哪吒卻不戀紅塵富貴和功名利祿，雖然武王和姜子牙苦苦相留，仍無濟於事，這和當時為了功名利祿而投機鑽營的人們相比，多麼難能可貴，又是何等的高尚！

明末人鍾伯敬批《封神演義》，把哪吒比擬於《西遊記》中的孫悟空、《水滸》中的李逵和魯智深，這是對哪吒的反抗性格的肯定，是對哪吒獻身於正義事業而不計名利行為的讚賞。歷來的研究者對哪吒的評價都是較高的，認為他是《封神演義》中寫得最富有生命力，也是最出色的人物，在中國的文學畫廊中放射著灼灼光輝。

《西洋記》中的海外奇想

《三寶太監西洋記通俗演義》，又名《三寶開港西洋記》，全稱《新刻全像三寶太監西洋記通俗演義》，簡稱《西洋記》，題「二南里人著，閒閒道人編輯」。按序，二南里人即羅懋登，字澄之，明萬曆年間人，生平無考。除小說外，作有傳奇《香山記》，並注傳奇多種。

《西洋記》書成於萬曆二十五年（一五九七年），明代嘉靖以後，南倭北虜，活動猖獗，尤其是東南沿海，倭患日甚，而朝廷軟弱無能，王公大臣，能提出治國平天下的良策者很少，即使有極少數傑出的將領，也受制於權臣，遭到排斥和迫害，不得施展其才，出現了文官愛錢、武官怕死的現象，以致倭患久久得不到肅清。羅懋登藉鄭和下西洋的故事，懷著一腔憂慮與憤懣，寄意於時俗，寫下了《西洋記》這部小說，希望能有鄭和、王景弘這樣的將帥出現，威震海表，蕩平倭寇。這種憂慮、憤懣和希望，在一定程度上反映了當時人民的思想情緒和願望。

明代永樂年間，鄭和掛印西征，七次奉使「西洋」，前後歷時二十八年，平服三十九國，《明史》確有記載。《西洋記》裡對這三十九國均有描敘，至於《西洋記》裡有關各國的天時地理、風俗人情的描寫，也有所本。首篇即敘天開地闢，生億千萬物，林林總總，可分九流，九流之中有三個大管家：儒家孔子、道家太上老君、釋家如來。因海外南贍部洲胡人治世，一道腥羶毒氣未盡，遂有燃燈佛祖下凡，以解東土厄難。燃燈佛投胎於杭州金員外家，在靈隱寺講經，號「碧峰長老」。金碧峰收徒非幻、雲谷，降服武夷山蛇船精、羅浮山葫蘆精、峨眉山鴨蛋精、五台山天罡精，得禪鞋、缽盂、碧琉璃、真珠四件寶物，聲名大振。時值永樂皇帝登基，各國進貢獻寶。道家張天師奏：帝王傳國璽流落西番。帝欲令往尋，張天師與僧家不合，提出滅了天下佛寺方肯去西洋取寶。金碧峰為救天下僧人，赴金殿與張天師鬥法，勝之。永樂帝決定由金、張同去取寶。永樂帝派三寶太監鄭和為征西元帥，以兵部尚書王景弘為副帥。鄭和乃是蝦蟆精轉世，王尚書乃是白虎星下凡。金碧峰任「大明國師」，張天師任「大明國天師」，隨船出征。鄭和就是在碧峰長老和張天師的協助下，一路斬妖捉怪，攝服諸國。

鄭和下西洋，原是人間的國際通使，而羅懋登在敷衍這個歷史故事時，卻增添進新編的神話，加進了一些奇特的想像，最主要之點就是讓主宰世界萬物的宗教神力扶助正義的力量。其中是把佛與人結合的金碧峰塑造成為取得海外三十九國向大明國呈上降書降表勝利的主要英雄，其作用遠在鄭和、王景弘之上。這不是簡單地仿照《封神演義》、《西遊記》等神魔小說，作者在其中寄寓著這樣一種深刻的思想：鄭和、王景弘靠著當時強盛的國力和他們自己的聰明才智以及英勇無畏的精神，勝利完成了歷史使命；但在作者創作這部小說時，明代已是國勢日衰，外患頻仍，要想完成類似鄭和那樣威震海表的事業，單憑航海者們的人力已屬不可能了。作者便藉助於神力，尤其靠佛性與人性結合的金碧峰長老的法力，他有所謂「拆天補地，攪海翻江，袖囤乾坤，懷揣日月」的超人佛力。讓他在作品裡代表著光明、文明、正義的力量，鄭和下西洋取得了通使三十九國的勝利，全仗他的佛法，沒有他根本無法撫夷。作者把金碧峰長老寫成英雄的想像力雖然奇特，但作者並不是想入非非，沒有把他寫成全知全能全勝的英雄，他的佛法也不是萬能的，在西征途中也常遭挫折。鄭和下西洋的使命是「扶夷取寶」，金碧峰只是助鄭和完成了撫夷的使命，卻沒有取回傳國玉璽，最終他成了一名失敗的英雄，半途而廢了。他的半途而廢，沒有取回象徵國家權威和秩序的傳國璽，正是意味著「東土厄難」未能「解釋」，意味著要重建國家權威和秩序是不可能的。從這裡我們可以進一步洞察到羅懋登的創作心理。他緬懷歷史上的英雄和盛事，僅是「攄懷舊之蓄念，發思古之幽情」，以此諷喻當局，激勵當局有所作為。他並非真的迷信「佛法無邊」，並非認為憑藉佛法可以使鄭和下西洋的歷史重現，以實現重振國威的理想。他是一個清醒的現實主義者，在書中常對腐敗醜惡的社會現象予以抨擊，尤其認為那些峨冠博帶的官員們都是人面獸心的東西，這又與他痛心國威不振，憂慮倭患未去是緊密聯繫的。自然也反映出他希望「當事者尚興撫髀之思」，能再有鄭和一樣的人物出來肅清海表的願望。不過他對海外世界的奇特想像與國內嚴酷現實有著尖銳的矛盾。

第二十回「李海遭風遇猴精」寫李海殺巨蟒得夜明珠，反映了作者想像力之奇特。當鄭和的先鋒官李海跌入大海後，被沖到數百里外的山腳下，他感到自己的生命危在旦夕，便失聲痛哭，哭聲驚動了山洞中修煉的千年猴精，便派小猴子去救他，這些猴子不僅會說話，還能夠變成人形，和李海友好相處。老猴精並與李海結成了臨時夫妻。李海在洞中住了幾日，從老猴的嘴裡知道這座山上有一條千年大蟒，大蟒脖子上有一顆碩大的夜明珠，這時身處危境中的李海仍然沒忘記出海的使命：為皇上尋寶，他想道：「夜明珠乃無價之寶，若能夠取得這顆珠，日後進上朝廷，也強似下西洋走一次。」李海將自己的想法告訴猴子精，徵詢她的意見。猴子精笑他的想法是螳臂擋車，萬無一濟，就是有千百個將軍也近不得蟒身。李海聽後也不爭辯，心內暗藏了殺機，又打聽了大蟒每次下海時爬行的路線和時間，便瞞著猴精，在大蟒下海時必經的陟路上，栽上眾多竹籤，這種經過處理的竹籤，有如鋼刀般的堅固、鋒利。當大蟒自山上猛然衝下海喝水時，像旋風般急馳而下，在它突然感到疼痛時，身子已被竹籤剖開而死。李海走上前把夜明珠拿在手裡。猴精又把夜明珠安放在李海的腿肚子裡。並告訴李海說，夜明珠乃是活的，須得個活血養他。你今日安在腿肚子裡，一則是養活了他，二則是便於收藏，三則是免得外人爭奪。這個故事是作者根據《冶城客論》中所記蛇珠一條推演擴充而成。原故事是說一個兵有病，流落到一個荒島上，以鳥蛋為食，後見一蛇洞，便削竹為刃，插在蛇出沒的洞口路上，蛇被竹刃劃破肚皮而死，兵在蛇洞附近的溝中發現許多珍珠，皆為平日蛇到海中食蚌後排泄出來的蚌珠。羅懋登在此材料的基礎上，予以奇特的構思。所謂猴精，所謂夜明珠，都是作者因創作的需要，進行渲染烘托，豐富了故事的內容，增加了故事的聲色。

《西洋記》在藝術表現方面的缺點，是全書幾乎是由人物的對話堆砌而成，極少細節描寫和人物的刻畫。寫戰役多是抄襲《三國演義》、《西遊記》、《封神演義》，缺乏藝術個性。

《續西遊記》別錄奇趣

《續西遊記》共一百回，內封題《繡像批評續西遊真詮》。明人董說在《西遊補》所附「雜記」中說：「《續西遊》摹擬逼真，失於拘滯，添出比丘、靈虛，尤為蛇足。」知成書於明代，作者不知為何人。此書流傳甚少，今所見最早刊本，是清嘉慶十年金鑑堂所刻。扉頁上題「貞復居士評點」。正文前有插圖五十幅，有貞復居士序文。貞復居士是別號，不知真名。每回後有他所寫的總批。

《西遊記》是描寫唐僧去西天取經，由徒弟孫悟空、豬八戒、沙和尚護送。一路上經歷了八十難。八十一難的主要矛盾是妖魔要吃唐僧肉，捉唐僧，說什麼吃了唐僧肉可以長生不老。孫悟空在與妖魔鬥爭中，具有無窮力量和壓倒一切敵人的勇氣，掃除了一切障礙，斬妖除魔，保護唐僧渡過重重難關，終於到達西天佛地靈山取得真經。《續西遊記》則是寫唐僧師徒在西天取到真經以後，保護經卷送回長安的經歷。這時的主要矛盾，不是妖魔要吃唐僧，而是要搶奪經卷。說經卷能消災去病，增福延壽。所以妖魔都想得到「真經」。在唐僧師徒出發前，如來繳了孫悟空的金箍棒、豬八戒的釘耙、沙僧的禪杖讓他們以誠心化魔。因為佛門戒殺生害命，而妖魔奪經、偷經必然要和孫悟空等人打鬥，性格躁烈的孫悟空必然要揮舞金箍棒打殺眾多的生靈。又因悟空隨口說出八十八種機心，恐其種種機心生變，存不淨根因，惹動邪魔妖孽，便遣比丘到彼僧、優婆塞靈虛子暗中保護師徒東還。並賜兩人八十八顆菩提珠和一木魚梆子淨心驅魔。

東還路上首先遇到蠹魚（蝕紙蟲）孽怪搶經。行者等欲以機變之心除之，復召來玄陰池蛙精、地靈縣大樹崗麋鹿老、古柏老及赤炎洞赤花蛇精、黑松林蝮大王、蠍大王多次拐騙經擔。行者赤手空拳，只好以神通機變對付眾妖，然終無濟於事，捉不到妖魔，每次都靠比丘與靈虛子法力相助，方奪回真經。

行至八百里莫耐山，遇虎威魔王、獅吼魔王將八戒經包搶去。行者機變，藉魔王傳三昧長老誦經之機，屢變長老將經騙回。二魔又至山南與陸地仙、夫人鸞簫、鳳管再議奪經，且將唐僧、八戒、沙僧劫去。行者幻形入洞，救出三人，後在靈虛子幫助下奪回經擔。時值夏初，行至蟒蛇嶺，嶺上魔王欲奪唐僧經擔，比丘作法，三藏誦《心經》，使妖魔頓悟回心，不再生非。

過八百里火焰山，八百里山林，八處名色，八處妖魔。一曰黯黮林，陰沉魔王居此，白晝霧氣瀰漫，不見天日。悟空、八戒、沙僧三次闖林，皆不得過。三藏率徒，端正念頭，口念「日月光明菩薩」，一往直前，忽來狂風吹散黑霧，太陽出來，一片光明。陰沉妖魔跪求超脫，經擔現出五色祥光，真經光彩消磨妖魔黑昧，使得超脫。二曰餓鬼林，獨角魔王居此。比丘、靈虛子助悟空三人捉住魔王。妖魔口內求饒，心中卻思量再整兵戈。靈虛子取如來所賜木魚梆子連擊，小妖飛空離散，魔亦皈依正果。三曰狂風林，嘯風大王居此。靈虛子護持三藏過林，孫悟空戰敗妖魔。四曰霖雨林，興雲魔王居此。此妖乃當年涇河老龍，被斬後一靈不散飛來此林。悟空、八戒、沙僧均被捉住，唐僧被小妖騙至寨門，玉龍馬為比丘點醒，大悟前因，復了玉龍太子模樣，與興雲魔認了叔侄關係。魔王歸命唐僧，以求超釋。五曰蒸僧林，六耳魔王居之。此妖與悟空有仇，專一在此等取經僧人報仇。悟空難勝六耳魔，靈虛子與六耳鬥法，比丘僧護送唐僧過林，並助靈虛子點化六耳悔過消愆。六曰臭穢林，臭穢孩子居此。專以臭穢之物打人。七曰迷識林，迷識魔王居此。魔王吞吸人的精神意氣，昏沉不清醒。八戒逞能逞強入林，即被迷倒。悟空請如來賜法，如來明示仗真經敬謹前行。師徒身不離經，心不離道，直穿迷識林，降伏了妖魔。八曰三魔林。三魔是牛魔王後裔，專等唐僧師徒報仇。比丘、靈虛子收服三妖，師徒得以過林。

師徒過了八林，繼續前進，路上遇到妖魔，悟空不得不以機變滅之。比丘、靈虛子以法力相助，唐僧仗真經揚佛法，引諸魔崇正，回心向道。過賽巫山九溪十二峰時，眾妖設計將比丘、八戒、沙僧、唐僧、玉龍馬一一捆入洞中，悟空機變無能為力，亦遭怪縛，靈虛子力鬥群魔不勝，便敲動木魚，召來靈山四尊大力神王，救出眾人，降伏了魔妖。三藏等人來到烏雞國，靠靈虛子敲動木魚，滅盡山谷妖魔。神王勸悟空勿使機變、八戒勿生貪嗔，以免招惹妖魔。行者頓悟一路上越起機心越逢妖魔，乃篤信真經，滅了機心，對魔念誦梵語經咒，魔精即復原形。自此，師徒便每日念誦真經，路途無阻，順利返還長安。太宗親迎唐僧師徒，比丘、靈虛子凌空祝讚三藏「上報國恩，保皇圖億年永固，祝帝道萬載遐昌」，駕祥雲返還靈山。如來敕比丘至東土宣三藏師徒至靈山同證佛位，受封成佛。

《續西遊記》這部小說在思想和藝術方面具有一定的歷史價值。作者在寫這部小說時，對當時的社會現實是不滿的，在書中時有揭露，偶有揶揄人間世態的情節。如五十一回就以「迷識林」情節諷刺那種只是貪求名利、不懂人情物理的人，這種人進了迷識林，精神意氣即被吞吸，昏昏沉沉，不識平日所為何事，不識父母妻子，最後只能被林中的迷識魔王享用。明代中後期的社會風氣頹敗，追求奢靡，沉迷於酒色財氣之中，人與人之間的關係，包括親情乃至夫妻關係，也逐漸為反映商品經濟關係的金錢所代替，所謂「人面高低總為銀」，夫妻情深是柴米的情深，正常的人性逐漸泯滅。

小說中的人物形象，維妙維肖，「摹擬逼真」。主要人物唐僧、孫悟空、八戒、沙僧的性格與《西遊記》中相同，只不過在《續西遊記》中是處於新的環境之中，如來又強收繳了他們幾個的武器法寶，致使他們在和妖魔的鬥爭中失卻了原來的手段，發揮不了他們原來的威力，不過他們每個人的基本性格未變。孫悟空在被繳了武器後，其戰鬥精神依然頑強，面對奪經的妖魔，生出種種機變之心以制服敵人，豬八戒和在《西遊記》中一樣，是最重要的陪襯人物，他雖有種種缺點，但忠於師父，對妖魔敢於鬥爭，不怕苦不怕累。

作者在描寫他們失去心愛武器的痛苦心情時活靈活現。在和妖魔的鬥爭中，孫悟空雖然靠「機變」取得一些勝利，但非常困難，因為妖魔個個都有武器，得心應手，孫悟空、八戒等只有挑經的木棍，用不上力氣，占不了上風，難以降妖，還往往吃虧。悟空後悔道：「千差萬錯，我老孫只不該繳了金箍棒。今若是金箍棒在身，這會打上妖精鬥，要經擔誰敢不與？如今赤手空拳，縱去尋著妖精，只是掄拳，終成何用？」（第十四回）豬八戒遇到妖精時，赤手空拳，奈何不了妖精，他便想起心愛的釘耙，啼哭起來：「我的釘耙啊，我想你。」（第二十四回）連一向講「慈悲為懷」的唐僧面對妖魔的肆虐受到嚴重威脅時，也深感光有佛的「慈悲」還不夠，還須要有兵器才能構成對妖魔的威懾。唐僧道：「徒弟呀，若是妖魔，你們各有法力驅除，看這兩個凶惡形狀，多是劫掠強人。真正的你們繳了武器，無寸鐵在手，你看那板斧明晃晃的，真個怕人！」行者聽了笑道：「師父，你老人家此時也亂了念頭，想起兵器來了。假使徒弟們的兵器不曾繳庫，尚在手中，這時遇著強人，你老人家每每叫我們方便，如今你反想起兵器，是何心哉？」三藏道：「徒弟，我說兵器，非是叫你滅妖，乃是要你鎮怪。他見你有兵器，必然怯懼。若是妖魔有怯懼之心，我們便有保全之處。」（第八十四回）唐僧的這個認識是有積極意義的。這幾段對話對於塑造在新的環境中降妖變化的孫悟空形象，意義非同尋常。

這部作品也存在一些缺點，比如它在宣揚佛教玄理時太生硬，並常常加入一些道德說教，「失於拘滯」。比丘僧和靈虛子不但是多餘的人物，是「蛇足」，而且影響了發揮孫悟空的智慧和鬥爭作用，影響了對孫悟空這個藝術形象的塑造。

馮夢龍新編小說敘列國

《東周列國志》記述了我國春秋戰國時代五百多年的歷史故事，是長篇歷史小說中流傳最廣影響最大的作品之一。

《東周列國志》的成書，經歷了一個比較長時間的演變，也並非出自一人之手。早在諸如《七國春秋平話》、《秦併六國平話》等宋、元話本中，就有列國故事的講述。延及明代嘉靖、萬曆年間，福建建陽縣人余邵魚（字長齋）編寫了《春秋列國志傳》，繼承了話本的基本成果，刪去其中嚴重與史實不合的情節。敘事自商朝末年到秦始皇一統天下，前後容納了八百多年的史實，第一次補足了正史上沒有詳細敘述的歷史事實和事件。其中也增加了一些「妲己被誅」、「穆王西遊」的民間傳說。著名的通俗文學家，江蘇長洲（吳縣）人馮夢龍（一五七四—一六四六年）根據《左傳》、《國語》、《史記》等二十多種典籍，對《春秋列國志傳》進行了較大的修改。「一一臚列」了原作中「凡國家之興廢存亡，行事之是非成毀，人品之好醜貞淫」的事，而刪去了「杜撰而不顧是非」的成分。調整了敘述顛倒之處，糾正了明顯的錯誤，注意詳略取捨和文字的潤飾。擴充為一〇八回，近七十萬字。《新列國志》比《春秋列國志傳》更符合史實。內容上把西周的史實壓縮到從周宣王開始，內容更符合書名。清代乾隆年間，江蘇秣陵人（江寧）蔡元放（名奡，別號七都夢夫，野雲主人）對《新列國志》略加修訂和潤色，並寫了不少批語、評語，改書名為《東周列國志》。今天，社會上流行的《東周列國志》就是由馮夢龍花了大量精力進行加工、後由蔡元放評點的本子。

書敘周宣王三十九年，姜戎起不義之師，宣王親征失敗，周幽王即位，生性暴戾，寵幸褒姒，夜舉烽火戲弄諸侯，以求褒姒一笑。幽王後為姜戎兵所殺，平王即位，遷都洛邑，西周滅亡，開始了諸侯專權、互相侵伐的時代。

鄭莊公平定鄭國內亂，入周輔政，周桓王即位後惱怒莊公假藉王命攻打宋國，剝奪了莊公輔政之權，莊公怒而五年不朝。桓王伐鄭兵敗，莊公派人至王軍謝罪，桓王罷兵。

周莊王十一年，齊桓公即位，拜管仲為相，魯莊公聞之欲伐齊，齊桓公發兵討魯。魯莊公用曹劌之計敗齊軍於長勺。周僖王元年，齊桓公被尊為盟主，連破山戎、孤竹國。楚成王欲與桓公爭霸，桓公伐之，楚成王遣使通好。

晉獻公寵幸驪姬，立為夫人。驪姬誣陷申生，申生自縊，公子重耳出奔。獻王、驪姬死後，晉惠公即位，謀殺重耳，重耳逃亡。

周襄王九年，齊桓公薨。群公子為奪君位兵戈相向。太子昭在宋襄公幫助下即位，這就是齊孝公。宋襄公急欲成為霸主，卻受楚成王之辱，楚成王成為盟主。襄王十四年，楚宋兩軍交戰，襄公侈談仁義，宋軍大敗。

周襄王十五年，晉惠王薨，重耳歸國，即晉文公。他聯合齊秦伐楚，獲勝後被冊為盟主。襄公二十四年，穆公伐鄭，慘敗而歸。晉襄公六年，靈公即位，趙盾因苦諫靈公改邪歸正，而幾乎為靈公所殺，逃脫於外。

周定王十八年，晉軍伐齊獲勝。晉景公耽於淫樂，屠岸賈誅殺趙盾家族，程嬰、公孫杵臼救出趙氏孤兒趙武，後趙武成為晉國司寇。

周敬王五年，吳王闔閭即吳國王位，以伍子胥輔政。孫武率吳軍伐楚獲勝。伍子胥掘楚平王之墓，鞭屍斷頭，報父兄之仇。

魯昭公在位時，季、孟、叔三家分魯。季恩重用孔子。孔子以禮義治理魯國，三月而使魯國風氣大變。齊國進美女使魯定公陷於聲色之中，孔子淒然離魯。周景王四十一年，孔子卒。

周敬王二十六年，吳王夫差伐越，勾踐兵敗被俘忍辱負重，三年後回國，臥薪嚐膽，起兵伐吳，夫差自殺，勾踐遂成東方之伯，為一霸。

周武烈王二十三年，趙魏韓三家分晉。

周烈王六年，齊楚魏趙韓燕秦七國爭雄，齊威王為盟主，秦王與之通好。秦孝公用商鞅變法。孫臏、龐涓爭智鬥勇，龐涓自刎。秦王伐魏。

周顯王三十六年，六國在蘇秦遊說下聯合抗秦，張儀說騙楚懷王與秦通好，屈原勸之不效，投汨羅江而死。

秦昭王欲奪趙國之和氏璧，藺相如赴秦不辱使命，大將廉頗為相如氣度所感，將相和睦。

秦昭襄王五十二年，秦伐周，降周赧王為周公。六國服秦。秦滅周。

秦先後滅掉韓、魏、楚、燕、趙、齊。秦王政號為始皇帝，天下一統於秦。故事結束。

《東周列國志》中多處展現了其作者的思想，寫作手法也很有特色。

各國諸侯爭霸，創立霸業或統一天下依靠什麼呢？作者在小說中強調了賢士，也就是人才的重要性。齊桓公任用管仲，不記管仲曾射中他的一箭之仇，遂使齊國出現了政通人和、國富兵強的局面，齊桓公終成霸主。秦穆公即位，重用百里奚、蹇叔、由余，立法教民、興利除害，威震中原。秦孝公任用商鞅變法為秦始皇統一天下奠定了基礎，其他如魏文侯用西門豹，楚悼王用吳起等，無不寄託了作者的政治願望。

賢主明君固然是作者稱頌的對象，同時，作者也無情地鞭撻了殘酷暴虐、荒淫無恥的統治者，如周幽王為褒姒一笑而烽火戲諸侯，衛宣公竟然不顧人倫築台納媳，齊襄公竟然兄妹淫亂，楚靈王好細腰致使宮中多有美女餓死，晉靈公肢解膳夫等。對於臣子殺死這一類暴君，作者表達了讚揚、肯定的態度，認為他們是罪有應得自作自受，這在三綱五常盛行的封建時代實在是難能可貴的。

在列國紛爭、互相吞併的時代，作者還對那些捨生忘死，捨生取義，剛直不阿的忠臣義士以較多的筆墨進行濃墨重彩的描繪。這方面的人物如「趙氏孤兒」中的公孫杵臼、程嬰，魯仲連的義不帝秦，荊軻的慷慨赴死等。而馮諼彈鋏，信陵君竊符救趙，蘇秦、張儀合縱連橫等故事中無不閃現著士的光彩。

小說對於戰爭，特別是幾次著名戰役的描寫也多有可取之處。如長勺之戰、馬陵之戰、泓水之戰等，富含了較為深刻的哲理。

從藝術特色上看，《東周列國志》也取得了很大的成功。

首先作者匠心獨運，善於選取史實，進行恰當的剪裁，突出重點，富有趣味。列國之數目眾多，人物繁雜，但在作者的巧筆之下，詳略得當，避免了一般寫史小說枯燥無味的缺點。如作者詳細所寫的重耳出亡、吳越春秋、商鞅變法、孫龐鬥智、荊軻刺秦王等較長的故事，曲折而生動。一些短小的諸如千金買笑、掘地見母、二桃殺三士、火牛陣、紙上談兵、甘羅早成等故事也都有聲有色，膾炙人口。

其次是塑造人物方面。一部《東周列國志》，跨時五六百年，人物和事件的紛繁複雜絕非一言所能明瞭。作者寫活了各行各業、各個階層的人物。無論是作者筆下的霸主暴君、昏王佞臣、賢相良將、愛妃寵姬，還是忠士義夫、說客名儒、烈女蕩婦，作者都刻畫得比較鮮明而生動。

第三，從全書的藝術結構上看：全書時間跨度長，人物眾多，事件繁瑣雜亂。在作者的筆下卻能夠多而不亂，密而不雜。前後相貫穿，上下相銜接，有整體感。這與作者在寫作上的主次分明，寫法上的實虛相生，詳略得體，手法多變是分不開的。這也正是《東周列國志》高於其他歷史小說的一個顯著的優點。作者以春秋五霸、戰國七雄的興衰為線索，以時間為經，以國別為緯，在廣闊的範圍內敘述了諸侯之間爭奪霸權和施行兼併的政治的、軍事的、外交的鬥爭，以及人們在這些鬥爭中表現出來的道德觀念、思想情趣和智謀膽略，把春秋戰國間的五百多年的歷史，既寫得綱目清晰，又寫得血肉豐滿，差不多已成為東周列國演義的定本，是與其高超的藝術表現手法分不開的。

可以說，《東周列國志》真正實現了馮夢龍通俗小說使「怯者勇、淫者貞、薄者敦、頑鈍者汗下」的藝術追求。

亂世素描《禪真逸史》

《禪真逸史》又名《殘梁外史》、《妙相寺全傳》。題「清溪道人編次」，「心心仙侶評訂」，根據署「瀫水方汝浩清溪道人識」序，知道作者是方汝浩。方汝浩是洛陽人，生平不詳。全書共八集四十回。每五回一集，每集各冠以八卦之名。

小說以南北朝時南梁與北魏對立為時代背景。這是一部成書於晚明的長篇英雄傳奇。此書內容較為複雜。前二十回以東魏鎮南將軍林時茂除惡避禍、出家遁逸為重心。後半部（即後二十回）主要敘述林時茂的三個徒弟杜伏威、薛舉、張善相三人張園結義，孟門山舉兵，投齊封侯，鎮守西蜀；至隋，各傳王位於子，三人皆棄家從師，「禪師坐化證菩提，三主雲遊成大道」，同登仙籙，終成正果；唐朝興起，三子皆歸唐封侯，建「禪真宮」，塑林時茂及三徒像以祀。

本書的主要故事情節為：東魏鎮南將軍林時茂出於義憤，斥退踐踏麥田的相國之子高澄，便棄官出家以避禍，被梁武帝封為妙相寺副持。正住持鍾守淨犯了色戒，林時茂好心規勸，反遭嫉恨，鍾住持欲加害林時茂，林又遁逃，在邊境被捕，幸得都督杜成治相救，回到魏國。梁武帝欲嚴懲杜都督，杜都督因驚恐痰壅而絕，留下遺腹子杜伏威。林時茂在張太公莊裡修煉，於獨峰山五花洞得《天樞》、《地衡》、《人權》三祕錄，習之能排兵布陣，降龍伏虎。林時茂善於結交各路英雄好漢。妙相寺被苗龍、薛志義、李秀設計火燒，鐘住持被倒牆壓死。東魏總督大將軍侯景叛魏降梁，被封為大將軍河南王，不被信任，便猝起謀反，將武帝困死於靜居殿中。太子即位，加侯景為相國，侯不滿足，自封為漢王，朝政皆為其所掌。不久，林時茂收杜伏威、薛舉、張善相為徒，杜伏威去岐陽安葬祖父骸骨，途中被二真人引上清虛仙境，得天主贈詩與祖師應飢、神仙充腹二方，後被綠林豪傑繆一麟劫往山寨，二人結為兄弟。在岐陽，杜伏威將祖父的骨瓶交給族叔，供在廳中。當他得知族叔被參將公子桑皮觔欺壓後，便為族叔報了仇。桑家權勢大，杜伏威與族叔被桑家下了獄。族叔死於獄中，杜伏威與眾囚反出獄去，殺了貪官吳恢和桑皮筋，作法術打退官軍，齊集至孟門山繆一麟寨內，又被官軍圍困，杜伏威戰敗。杜重新部署，派薛舉等佯裝投誠，內外夾攻，大獲全勝。接著，杜伏威挑選精兵強將，乘勝殺奔延州府。這時，侯景已即位稱帝，梁武帝第七子湘東王也稱帝，發兵討侯，殺了侯景。不兩年，湘東王又為魏主所執，大將陳霸先復立一主，又遜位於其子，其子又禪位於陳霸先，是為陳高祖皇帝，轄江南地面，江北地方則屬東魏。不久，魏主下詔禪位於高歡之子、高澄之弟齊郡王高洋，國號齊。延州府屬齊境。杜伏威聽取書生查訥與降將常泰之計，攻下府城，自稱都統正元帥。

張善相得林時茂三卷兵書，苦心研究，熟諳玄機。一個偶然機會，他和齊國右都督段韶女段琳瑛私訂終身，然後赴朔州郡，與杜伏威、薛舉會合，攻下了武州郡，乘機攻掠傍都，圍攻岐陽。齊後主派右都督段韶率十萬精兵來救援，副帥齊穆等遭擒，段韶也中了杜伏威之計，兵陷苦株灣。杜伏威知張善相與段小姐私訂終身，遂將齊穆等放回，為張善相婚事向段韶致意，自己也解甲休戈，受了招安，隨段韶班師回朝。後主赦杜伏威等人之罪，封杜伏威等為大將軍。他們在任勵精圖治。隋時，遣大臣誘歸杜等三人，林時茂也受皇封御服，辭別眾人回到峨眉山。唐興隋滅，林時茂圓寂後，杜伏威、薛舉、張善相皆棄家學道，俱證上仙。

古杭爽閣主人履先甫在《禪真逸史》凡例中對這本書的評價很高，說它「當與《水滸傳》、《三國演義》並存不朽」。作者想把替天行道的《水滸傳》與匡扶漢室的《三國演義》的藝術精華吸收過來，糅而為一，使《禪真逸史》另具新意，以與《三國演義》、《水滸傳》並駕而三。顯然，《禪真逸史》這本小說所表現出來的思想深度和藝術修養是無法與《水滸傳》和《三國演義》這兩部古典名著相媲美的，更不要說「並垂不朽」了。魯迅先生在《小說舊聞．雜說》中評價此書說：「憑空結撰，不知其命意何在。」其實，作者在鋪寫歷史題材時，是著眼於晚明的社會現實的，是有一定的現實根據和現實意義的，並非憑空結撰。作品中的梁武帝和魏孝靜帝，一個皈依佛門，朝政荒廢，最後做了階下囚，餓死臺城；一個則寵信奸佞，致使國運衰頹，奸邪橫行，政局動盪，世風日下，民不聊生。在他們的網羅下，奸臣當道，迫害忠良，如高歡、高澄父子在朝中網羅親信，順我者昌，逆我者亡，正直的好官如林時茂不得不遁逃他鄉做了和尚，隱姓埋名；由於武帝崇信佛教，便在國內大建佛寺，縱容一批僧侶作威作福，為非作歹，傷風敗俗，這和明代中後期嘉靖等皇帝崇信道教不理朝政，而致國家衰頹的現實是相似的。至於幫閒篾片、牙婆訟棍，寡廉鮮恥，男盜女娼，種種人物嘴臉，勾勒出一幅晚明社會的生活畫卷。面對社會的種種黑暗、腐敗，作者在創作這本小說時，塑造了林時茂那樣的俠士出來，讓他們誅奸鋤惡，拯世濟民，並塑造了杜伏威、薛舉、張善相等英雄以輔佐明君，建功立業，行仁政以覆蔭蒼生。也即是要達到讓作品中的人物像《水滸傳》中的英雄那樣替天行道，剷除社會的不平，像《三國演義》中的英雄匡扶漢室那樣，使國家出現復興的局面。作者的這種創作願望是好的，而他的創作實踐卻遠遠沒有達到預期的目的。

不過，《禪真逸史》這部小說在藝術上還是有它的長處的，主要表現在以下幾點：

（一）故事情節曲折，前後連貫，中間疊起高潮，具有較強的吸引力。比如，梁和魏兩國之間的矛盾和鬥爭不斷激化，以及周滅齊，隋滅周，終至唐興隋滅，一波未平，一波又起，犬牙交錯。其中主要人物之間的矛盾糾葛、悲歡離合，以及主要人物命運的發展，具有較強的吸引力。一些事件的前後發展，不僅連貫，而且寫出了因與果的必然性，增強了作品的認識價值。

（二）人物形象比較豐滿，有血有肉。比如書中的主要人物林時茂是一個耿直、剛烈又頗具菩薩心腸的人物。他在戰場上英勇無畏，不怕犧牲，救護住持，立下大功，被丞相高歡擢升為鎮南將軍，得到皇帝的獎勵。他耿直的性格又決定了他不合時俗，即使在皇帝面前也敢犯顏直諫。梁武帝建了妙相寺後，魏主也學樣子要建大佛寺，眾臣讚揚，只有林時茂提出反對意見，並認為大臣不站出來諫止，則社稷危，違背了臣事君的原則。宰相高歡的兒子高澄胡作非為，林時茂看不上，便在宰相面前毫不講情面地提出批評。事後又考慮到高歡父子總會報復他，於是便告假逃遁，做和尚以避禍，並懺悔在戰爭中殺人的罪過。他在妙相寺做副住持時，一夥賊人半夜來寺搶劫，被他打敗捉住，正住持要嚴懲賊人，但他卻被賊人的哀求感動，放了他們，還送他們一包銀子，讓他們好好做人，真是一副菩薩心腸，他在戰場上對因貽誤軍機犯下重罪的人，也是不輕易殺掉，而是多方解救他們，關心他們，讓他們戴罪立功，表現了他人性中善良與同情、憐憫的一面。他為官時威武剛烈而又可親可愛，他做和尚時大慈大悲而又嫉惡如仇，立斬壞人而不手軟。

對妙相寺住持鍾守淨的塑造也是比較成功的，他從小誠心向佛，苦心修煉，受到皇帝的青睞做了妙相寺的正住持，他有了地位有了錢後，便放縱自己，在物慾和色慾的泥沼中不能自拔，淫蕩不忌，妒忌迫害德行高於他的副住持林時茂，壓制反對他犯戒敗德的眾僧，終至毀滅了自己。對梁武帝迷信佛教，至死才醒悟自己反受其害的刻畫，給人以真實、生動、深刻的感受。

（三）語言流暢，人物對話生動。但由於作者受因果報應思想的束縛，書中說教、勸誡的語言較多。

《斬鬼傳》：談鬼諷世話鍾馗

鍾馗是一個古代傳說中的人物，鍾馗降鬼的故事經世代累積而趨於豐富完整。《斬鬼傳》舊題煙霞散人作。

《斬鬼傳》中塑造了眾多的陽間之「鬼」，對人世間的種種惡習和醜惡現象進行了辛辣的嘲諷，充滿諷世、勸世的意味。

傳說鍾馗是唐德宗年間終南山秀才，貌雖醜陋但有才華，生來正直，不懼邪祟，於長安赴試，作〈瀛州侍宴〉應制五首、〈鸚鵡賦〉一篇，為主考韓愈、陸贄激賞，取為狀元。但德宗見其貌醜，不欲取之，宰相盧杞逢迎皇帝，主張另取一人。鍾馗舞笏怒打盧杞，德宗命武士將鍾馗拿下，鍾馗一氣之下自刎而死。德宗醒悟，將盧杞發配嶺外，封鍾馗為驅邪大神，遍行天下，以斬妖邪，仍以狀元官職殯葬。鍾馗欲至陰間斬鬼，閻君告訴他陰間鬼雖多，但閻君治理得好，沒有敢作祟者，倒是陽間的妖邪最多，大都是習染成性之罪孽，並將「鬼簿」送給鍾馗，命他去陽間斬鬼。鍾馗得含冤、負屈兩個將軍輔佐，陰兵三百助威，蝙蝠為嚮導，遂往陽間斬鬼。

當鍾馗聽閻君要他到陽間去斬鬼時，有點迷惘，認為陽間乃光天化日，又有王法約制，豈能有邪妖鬼魅存在？經閻羅君一番開導，使他豁然大悟，他才懂得：大凡人鬼之分，只在方寸間，方寸正的，鬼可為神，方寸不正的，人即為鬼。故古來的忠臣孝子，皆被尊為神，而曹瞞等輩，陰險叵測，豈得謂之為人耶！對於這類鬼，處治最難。閻君進一步向他分析了其中的道理：對這類鬼，欲行之以法制，彼無犯罪之名；欲彰之以報應，又無得罪之狀，他們大都是習染成性之罪孽，也即是社會的病態現象造成的。更令鍾馗大開眼界的是，閻君已將陽間的鬼魅分了類，有諂鬼、假鬼、奸鬼、不通鬼、色中餓鬼等約四十類。閻君還介紹了這些鬼魅分布的情況及驅除的方法，即得誅者誅之，得撫者撫之，總要量其情之輕重，酌其罪之大小，不可概施。閻君對陽間鬼魅問題的教誨，對涉世不深、性格剛直的鍾馗來說真可謂頓開茅塞，心明眼亮，對他完成驅鬼使命，大有裨益。在整個驅鬼過程中，他對陽間的形形色色的鬼魅特徵逐步了解，比較系統地了解了人世間世世代代積澱下來的各類人物的醜惡心態和病態社會中的醜惡現象。

首先是科舉制度的弊端和科場中的屈死鬼讓鍾馗觸目驚心，憤慨無比。鍾馗的科場不幸不是個別現象，和他一樣成為科場屈死鬼的大有人在，他身邊的文將含冤就是科場上的屈死鬼。含冤是個有才有德的士子，參加科舉考試時，被主考官賀知章取為探花，但卻被奸臣楊國忠把名字勾掉。因為楊國忠要讓他的兒子做狀元，但他兒子的成績太差，賀知章不肯取他。楊國忠便利用權勢，上本誣衊賀知章朋比為奸，閱卷不公。賀知章就被罷了官，含冤被排擠掉。含冤對奸臣的做法氣憤不過，一頭撞死，以示抗議。而鍾馗的行軍司馬負屈將軍不僅在科場上受到冤屈，還是個戰場上的屈死鬼。負屈本是將門之後，自幼苦練弓馬，有百步穿楊之能，因科考時不願行賄而落第。後來投了哥舒翰，吐蕃作亂時，舒翰令安祿山去征討，負屈為後軍，因安祿山指揮失誤，陷入賊陣，是負屈奮不顧身救出了安祿山。哥舒翰要殺安祿山，他卻通過楊貴妃向皇帝求情，將戰敗之罪全推到負屈身上，說什麼主將敗陣皆偏將不聽命之過，於是將負屈殺掉。負屈的奇冤使鍾馗為之動容，連說：「可憐，可憐！」其實，科場上的汙穢歷代皆然，戰場上的屈死鬼何止萬千。

除了科場舞弊之風盛行外，《斬鬼傳》對明代的賣官鬻爵之風也作了反映。討吃鬼與耍碗鬼在名妓家中逍遙後便想到弄個做官的前程。誆騙鬼與丟謊鬼給他們出主意說，這有何難，如今朝中李林甫做宰相，他受賄賂，只要投在他的門下，送上幾千兩銀子，當下就有官，就看捨不捨得花錢了。於是二鬼每人拿出五千兩銀子交給丟謊鬼請他去長安幹辦。這件事雖然沒有辦成，銀子被騙，但卻諷刺了明代官場懸秤稱官、指方補價、夤緣鑽刺者驟升美任的腐敗朝政。至於丟謊鬼、誆騙鬼、假鬼等欺詐、誆騙、弄虛作假的腐朽風氣不僅充斥於科場、官場，而且充斥於整個社會。

正如李贄批評的那樣，明代整個社會充滿著假人、假言、假事，「豈非以假人言假言，而事假事、文假文乎？蓋其人既假，則無所不假矣。由是而以假言與假人言，則假人喜；以假事與假人道，則假人喜；以假文與假人談，則假人喜。無所不假，則無所不喜」。這在《斬鬼傳》的許多回中都有著生動、深刻的描寫。

佛門本是莊嚴肅穆修行的聖地，但在明代的世俗社會中又往往是藏汙納垢的場所，和尚尼姑們難守色戒的律條，他們引誘善男信女們在庵廟中幹出了種種淫盪的勾當，這在明代的「三言」、「二拍」及其他通俗小說中有許多描述。同樣，在《斬鬼傳》中鍾馗就殺了一些淫蕩的和尚，即色中餓鬼。「不修觀」、「悟空庵」裡的和尚騙來或買來眾多的婦女藏在廟中，不分晝夜，輪流取樂，把聖潔的寺廟搞得穢氣沖天。此外，又在外邊勾搭上許多私窠子、小夥子。鍾馗便想把淫蕩的和尚連同淫婦統統殺盡。悟空庵的老和尚在被殺之前和醉死鬼的一段談話，卻頗令人思考，即和尚尼姑要戒色，但和尚尼姑是人，而色是人的秉性，秉性是難移的，即使鍾馗天天殺色中的餓鬼也是殺不絕的，如同好酒的人難以戒酒一樣，只要不醉死，醒來還要喝。作者在第九回寫了一首詞說：「勸你莫貪花，貪花骨髓滅！勸你莫戀酒，戀酒腸胃裂！腸枯髓竭奈如何？哀哉無計躲閻羅！我今悟得長生訣，特請鍾馗斬二魔。」作者稱和尚為色中餓鬼，連鍾馗對他們也是無奈何，可見色欲在當時的世俗社會中是如何的蔓延，也不是一般地誤人了。故《金瓶梅》的作者在開卷引首詞中說：「請看項籍並劉季，一似使人愁。只因撞著，虞姬戚氏，豪傑都休。」這深刻地譏刺了明末日下的淫靡世風。

與澆薄的世風相一致的是妓院和妓女的存在，這在《斬鬼傳》中也有所反映。妓女的存在是封建剝削制度造成的一種病態現象。妓女以出賣自己的肉體賺錢，她們失卻了人格尊嚴，她們不顧及廉恥、屈辱，一切只是為了錢，所謂「船載的金銀，填不滿的煙花寨」，許許多多公子哥兒們傾家蕩產在妓院中。《斬鬼傳》的鴇兒柳金娘開了一所名妓院，她有兩個絕色女兒，身價很高，討吃鬼與耍碗鬼雖然都有萬貫家產，但沒有多久，嫖銀就花去了多半家產，最後以乞討糊口。鍾馗打聽得這兩個鬼如此不成器，就帶兵懲罰他們。他們只好向鍾馗求饒，檢討自己因不守本分弄得窮了，沒奈何幹這營生，教人起下這鬼號，並說他們不是情願做這樣鬼的。鍾馗斥責他們道，不守本分，便是匪類，況且遊手好閒，成不得好人。於是每人打了四十棍，以戒將來。同時，又每人賞了一百文錢，以濟窮苦。二鬼對鍾馗賞罰分明的做法，心中感服。叩頭拜謝，知過必改去了。總之，鍾馗懲治陽間之鬼是量其情之輕重，恩威並施，得誅者誅之，得撫者撫之，秉公裁處，魍魅屏跡，班師回陰曹地府。閻君設宴相陪，又將盧杞下油鍋懲治。鍾馗朝見玉皇大帝，玉帝封鍾馗為「翊正除邪雷霆驅魔帝君」。含冤、負屈二將軍也受封。德宗命柳公權題匾，遣禮部尚書杜黃裳、內侍魚朝恩掛匾，匾上有瓦盆大五個金字：「哪有這樣事。」自宋以後，民間多於端午或除夕，懸掛鍾馗圖像，作為抗拒邪惡勢力的一種寄託。

別具一格的《西湖二集》

《西湖二集》是明末崇禎年間出現的擬話本，共三十四卷，作者周清原，杭州武林人。作者以著名的杭州西湖為中心，收集有關西湖或杭州的故事加以描寫，而這些故事和材料的來源，大多來自經史子集和唐、宋、明人的傳奇、筆記，涉獵的範圍比較廣博。因此，《西湖二集》在明末的擬話本中具有一定的特色。

《西湖二集》這本小說反映社會現實比較豐富深刻，有揭露皇室的腐朽，官場的黑暗，科場的腐敗；有婦女的悲劇命運，奮勇抗爭，她們對愛情婚姻的癡情追求，有一夫多妻制度造成的痼疾——妒忌，有對忠孝的褒揚，等等。

披露官府的腐敗，揭示宋亡的原因，是《西湖二集》的一個重要內容。

第二卷〈宋高宗偏安耽逸豫〉，寫宋徽宗被金人掠去，宋高宗帶領一班佞臣偏安於杭州，聽信賣國賊秦檜的議和意見，不思報仇，不思迎徽、欽二帝回來，只是燕雀處堂，一味君臣縱逸，耽樂湖山，又大造宮殿，非常華麗，過著紙醉金迷淫逸無度的生活。孝宗即位後，也是置國家安危於不顧，大肆揮霍民脂民膏，在西湖上修建多處園亭，極其華麗精潔。他常常陪著太上皇帶著宮妃及宰相諸官遊幸湖山，名為與民同樂，實是過著醉生夢死的生活。作者在文中咒罵秦檜是「誤國的賊臣」，指出「李後主、陳後主等輩貪愛嬉遊，以致敗國亡家、覆宗絕祀」，認為皇帝應當是「聖心儆惕，安不忘危」，如朱元璋那樣，把起兵時盔甲藏在太廟，自己御用之槍置在五鳳樓中，以示子孫創業艱難之意，若是貪戀嬉遊，定是亡國之兆。

作者還披露了皇室汙穢生活，寫出大膽褻瀆帝王的作品，卷二十八〈天臺將誤招樂趣〉，寫一個姓張的漆匠，在為皇帝寵妃閻妃建造功德院時，被一個老太婆引到一富麗堂皇的密室，與一個「花枝般貴人同睡」。作者從老嫗稱美人為「貴人」和「娘娘」中暗示她即是皇帝的寵妃閻妃，表現了作者敢於褻瀆皇家尊嚴，抨擊統治階級腐朽的勇氣。

在卷二十〈巧妓佐夫成名〉中揭露贓官汙吏不一而足，衣冠之中盜賊頗多，說：「如今世道有什麼清頭，有什麼是非？……當今賄賂公行，通同作弊，真是個有錢通神，只是有了『孔方兄』三字，天下通行，管甚有理沒理，有才沒才。」第十五卷〈文昌司憐才慢注祿籍〉為才華橫溢的羅隱遲遲不得重用鳴不平，指出那時唐朝法紀零替，賄賂公行，關節潛通，有多少懷才抱異之人無由出身，及至出身的，又多是文理不通的白面書生，胸中哪裡曉得「經濟」二字，以此把唐朝天下都激亂了。這是作者在借史諷今，因為作者生活的明代後期的官場也是同樣的黑暗，所謂賣官鬻爵，懸秤稱官，夤緣鑽刺驟升美任者比比皆是。

揭露科舉考試的嚴重舞弊是《西湖二集》的又一個重要內容。由於明代中後期官僚政治腐敗，致使科舉考試混亂不堪，考官昏聵，隨心所欲地評分，毫無客觀標準可言，有所謂「不願文章中天下，只願文章中試官」的說法。「三言」中的〈老門生三世報恩〉是一齣揭露諷刺「盲試官亂圈亂點」極端昏聵的喜劇，考官把他的怪想法所謂「少年初學者」當做取士的標準，荒唐而可笑。《西湖二集》卷二十七〈灑雪堂巧結良緣〉中也講了考官昏聵滑稽可笑的故事。魏鵬同兩個兄長一起赴試，但他一心只想著情人，沒有心思寫文章，又不得不應付，只是「隨手寫去，平平常常，絕無一毫意味」，但那試官偏生得意，昏了眼睛，歪了肚皮，橫了筆管，只顧圈圈點點起來。二兄用心敲打之文，反落榜後。京試時，他又極不想去，只想去杭州與情人約會。不得已恨恨走進考場，不過隨手寫去，做篇虛應故事之文。偏偏瞎眼試官中意，又圈圈點點起來，說他文字穩穩當當，不犯忌諱，不傷筋動骨，是平正舉業之文，竟中高第。

卷二十〈巧妓佐夫成名〉辛辣地嘲諷了科舉考試中的「登龍術」。妓女曹妙哥教給吳爾知中式的「打牆腳之法」，即先密請有才華的人寫好詩文，用自己的名字印書，書前再請幾個名人寫序，著力吹捧一番，廣為散發，提高知名度；在文人圈中少說話，以示謙虛，免得露出馬腳；等稍有名氣後，花錢打通關節，就是文理不通的人也會中進士。果然，吳爾知通過妓女曹妙哥的多方周旋，買通種種關節，「辛酉、壬戌連捷，登了進士，與秦檜兒子秦熺、侄秦昌時、秦昌齡做了同榜進士」，作者憤慨地指責吳爾知是「白白拐了一個黃榜進士在於身上，可不是千古絕奇絕怪之事麼？」其實，作者的這種憤慨，正是對自己懷才不遇、遭逢不濟的嗟怨情緒的發洩。作者雖有才華，但因其窮困潦倒，只能成為科舉場中的失意者，受到世人的白眼、冷遇。懷才自負與命運不濟的矛盾使他產生了強烈的嗟怨情緒而流露於筆端，這在書中多處可以見到。尤其在第一卷中就借瞿佑的詩以自況：「自古文章厄命窮，聰明未必勝愚蒙。筆端花與胸中錦，賺得相如四壁空。」正是他借題發揮的自我寫照。他甚至寫道：「世事都是假，鬼亦幻其真，人今盡是鬼，所以鬼如人。」

在嚴酷的現實面前，在無可奈何之中，作者又把自己的不得志歸於「司命之神」的主宰，人力不能與命運抗爭。第三卷寫王顯的朝貴夕死，甄龍友的金殿失對都是神使鬼差，上天做主，人力勉強不得。「司命之厄我過甚，而狐鼠之侮我無端」，致使他終生蹭蹬。這也是作者對自己命運的嗟嘆。

在反映婚姻、愛情的內容方面，《西湖二集》也有一定的典型性。卷十六〈月下老錯配本屬前緣〉「入話」中，講了「月下老人」的故事。唐韋固早起赴約議親，遇一老者在月下翻書，問之是「婚姻簿籍」，老者是「主天下婚姻之事」的。老者囊中還有「赤繩子」，凡該婚配的，「潛用赤繩繫其足」。韋固問己妻將是誰，老者說是一個獨眼賣菜婆的女兒，還只三歲，並引韋固去看。韋固見其醜，大怒，吩咐小廝去殺該女，刺中其眉。韋固為官後，娶上司女為妻，「顏色豔麗，眉間貼一花鈿」。韋固問之，說是三歲時乳母抱著「為賊人所刺」，韋固問其乳母是否瞎一眼，妻驚問他如何得知，韋固說明原委，

「夫妻遂驚嘆冥數之前定如此」。這個故事出自唐代傳奇小說〈定婚店〉，是我國民間著名的「月下老人」的由來。〈月下老錯配本前緣〉的正話是寫宋代著名的女詩人朱淑真的婚姻悲劇，聰明、美麗的女才子朱淑真，卻被許配給了奇形怪狀、連三分也不像人的「金罕貨」。她怨天怨地以淚洗面，怨月下老人「赤繩子何其貿亂」，雖然認了命，也僅只活了二十二歲，鬱鬱而死，揭露了「父母之命、媒妁之言」的封建婚姻制度扼殺青年男女追求幸福婚姻的罪惡。而在卷十二〈吹鳳簫女誘東牆〉中又對潘用中和黃杏春的愛情予以歌頌，表達了願天下有情人終成眷屬的良好願望。

《西湖二集》中還多處宣揚了忠孝思想，認為人生應以「忠孝」二字最大，其餘均是小事，若在這二字上用些功，方才算得一個人，不孝之人不得好報，特別在〈忠孝萃一門〉中對文天祥的氣節表示了由衷的欽敬。

其他在反映婦女的妒忌心腸方面，《西湖二集》的作者表現一種較嚴重的偏見，認為「最毒婦人心」，認識不到這是由男人多妻妾的特權造成的痼疾，不是個人的秉性問題、品質問題。

在《西湖二集》的藝術表現力方面，就全書而論，可以說是瑕瑜互見，在明末清初盛行的擬話本中算不上上乘之作。但是，研究中國白話短篇小說的發展，《西湖二集》不失為重要的史料。

摹寫現實的《樵史演義》

《樵史演義》，全名為《樵史通俗演義》，是明後期較有影響的章回小說之一。全書共八卷四十回。敘寫明末史事，作者為明末清初松江青浦（今屬上海市）人陸應暘（約一五七二－一六五八年）。陸應暘字伯生，光緒《青浦縣志》有他的一篇小傳，說他少補縣學生，被斥後絕意仕進。做詩宗大曆，喜用「鴻雁」兩字，人稱「陸鴻雁」，著作現傳有《芴溪草堂集》，編著有《太平山房詩選》、《唐詩選》等。

本書有清初刻本，題名有多種。目錄及卷前均題《樵史通俗演義》，內封中欄題為《樵史演義》，扉頁題為「繡像通俗」、「樵史演義」。因書中所載為明末史實，所以清初被禁毀。

《樵史演義》敘述的故事梗概是：明代天啟皇帝十六歲即皇帝位，與其乳母客氏有私，封客氏為奉聖夫人，對之寵愛有加。政治上重用太監魏忠賢，魏忠賢把持朝政，為非作歹。朝臣見天啟皇帝任用奸臣佞相，心中不平，有的上本指陳政事，有的告老乞歸。昏聵的天啟皇帝竟聽任其回到原籍，一時間，朝野為之大譁，魏忠賢之流則更加肆無忌憚。魏忠賢交結客氏，與她結為兄妹，二人一內一外，裡應外合，文武百官的任職去職升官罷官皆由魏氏說了算，朝廷大權盡在魏氏掌握之中。奸臣崔呈秀、阮大鋮見魏忠賢權傾內外，奔走於魏府，拜魏忠賢為其義父。魏忠賢採納崔呈秀的主意，在鎮府司設立了夾、拶、棍、槓、敲五刑，又命令校尉等特務在京城偵察，即使輕微的意見，也是糾纏不休，魏忠賢還設立枷刑，受刑者十八九死。一時間朝臣噤若寒蟬。

此時山海關邊報緊急，朝廷封熊廷弼為兵部尚書，經略遼東。遼東巡撫王化貞駐紮廣寧，遣杭州人毛文龍招撫各島。毛文龍進駐浙江，他狂妄自大，手下將士多有不服。敵兵前來攻打時，毛文龍逃到了朝鮮，鎮江被焚毀一空。毛文龍回到海島後，賄賂魏忠賢，敗軍之將竟被封為副總兵。

毛文龍在海島多次假報軍功，魏忠賢藉其假報，為廠臣邀功。此時，毛文龍在海島的所作所為，更是勝似強盜。

由於天下民窮財盡，處處民不聊生。山東兗州府連續幾年飢荒，老百姓紛紛加入白蓮教。巨野縣徐鴻儒和丁寡婦招募教眾十二萬人，自高橋舉事，官兵進剿白蓮教，丁、徐失敗。天啟皇帝將剿殺白蓮教之功歸於魏忠賢，招致左光斗、魏大中等人的不滿。

魏黨中的田爾耕掌管錦衣衛，許顯純掌管刑部，魏黨中人，勢焰赫赫。魏忠賢在宮中飛揚跋扈，甚至在天啟皇帝駕前放馬馳騁。阮大鋮進獻東林黨人《點將錄》，李魯生獻《同志錄》。崔呈秀進《天鑑錄》，與東林黨人為仇。他們以東林偽學為名，將楊漣、左光斗、魏大中、周朝瑞等六人逮捕入獄，「六君子」死於酷刑。魏忠賢又假傳聖旨殺熊廷弼。密使蘇州織造太監李實陰謀陷害周起元等五人，參劾高攀龍、周順昌二人。蘇州人民愛戴周順昌，為之鳴冤，殺死校尉一人，釀成民變。後天啟皇帝將鬧事的顏佩韋等五人殺死。魏忠賢被封為肅寧侯，其心腹占據了各路要職，魏忠賢圖謀篡權，將諸王和剛成婚的信王封出京師。各地黨羽紛紛為魏閹設立生祠，並請求封魏為王。

天啟皇帝駕崩，信王即位，這就是崇禎皇帝。魏忠賢不把崇禎放在眼裡，依舊飛揚跋扈，賣官鬻爵，橫行無忌。朝臣們趁新主登基紛紛彈劾魏閹。崇禎皇帝逐步奪魏氏之權。魏忠賢、崔呈秀見大勢已去，自縊身亡，客氏亦自縊身死。田爾耕、許顯純等人被處斬，人心大快。崇禎皇帝有心恢復大明元氣，勵精圖治，贈謚死節之臣，薦選民間人才。此時遼東戰事又起，明軍大敗，崇禎皇帝殺了鎮守大將袁崇煥。

陝西延安府米脂縣的李自成起兵謀反，投奔闖王高如岳，與之結拜為兄弟。李自成輔佐高闖王，他們打家劫舍，積屯糧草，人馬日眾，高闖王戰死後，李自成為主。聚眾數萬，大將有劉良佐、李過、劉宗敏、高傑等，人眾興旺，李自成所向披靡，他聯絡張獻忠大敗崇禎所派兵部尚書盧象昇所率官兵。李自成聲勢浩大，成為起義軍總盟主，人數近四十萬。

開封舉人李岩為知縣所害，投奔李自成，並推薦足智多謀的牛金星、宋獻策等人也來相會，兵勢日盛。李自成擊敗楊嗣昌、孫傳庭等人，殺賀一龍、羅汝才，合併兩部人馬，攻破潼關，入西安府，建立大順國，自稱皇帝。李自成率五十萬大軍殺向北京，崇禎皇帝自縊。自成入京後，積極準備登基大禮，山海關總兵吳三桂不肯投降，向遼東滿洲乞兵，共同入關討伐李自成，李自成在與吳三桂永平大戰中戰敗，退兵回陝。屢戰屢敗，人心渙散。

南京各王迎立福王監國，以史可法督師江北，馬士英掌管兵部。史可法心憂軍防，苦無糧草，斷然拒絕清兵勸降。馬士英卻大肆收受賄賂，所薦用的都是奸佞小人。阮大鋮糾合魏黨餘孽，交結馬士英，排斥東林、復社人士，圖謀翻案，阮大鋮以兵部侍郎兼統兵江防，遙控朝中大事。弘光皇帝只知選擇繡女，充實宮闈。官府鷹犬騷擾居民，國律廢壞，朝臣異心。寧南侯左良玉會同何騰蛟討伐馬士英，南明政府內紛不斷。清兵乘機南下，破淮安，破揚州後屠城十日。

李自成兵敗後投奔張獻忠，聽說張獻忠入川，就駐兵黔陽，在羅公山染病臥床身亡。不久，左良玉也病死。弘光皇帝迫於形勢，想要遷都，為錢謙益所阻。清兵過江，文武百官只知自保，紛紛逃走。弘光召梨園弟子進大內演戲，與內官酣飲至二更，才攜了太后、妃子及內官十餘人出逃。阮大鋮趕回南京，聞京城百姓破牢奉假太子為帝，已搶了馬、阮諸家，只得也往杭州逃難。

南逃官兵一路殺人放火，沿途雞犬不寧，廣德州知州閉門不納逃亡的弘光等，馬士英攻城殺了知州，劫了倉庫，百姓大半受傷。馬士英奉其母為假太后，率黔兵家丁到杭州請潞王登基，潞王不肯。馬士英、阮大鋮的軍隊在杭州城燒殺擄掠，無惡不作，杭州百姓恨之入骨。馬士英等人見杭州存身亦不牢靠，一路逃往溫州、台州。明朝至此徹底滅亡。

《樵史通俗演義》記載明末時事，多為作者親身體驗，信而有據，真實感極強。作者通過寫以上的史事，流露了對故國的思念，表達了對導致明朝滅亡的各種人物的痛恨，寄託了「山徑兮蕭蕭，山風兮刁刁，望舊都兮迢迢，思美人兮焦焦」的惆悵心理。作者陸應暘本人也以不與清廷合作的遺民自居，這從他自稱「樵子」就可看出來。樵夫不就是隱入深山老林不問世事的人嗎？

《樵史演義》具有很高的史料價值，書中收入了很多詔書、表章、檄文等。稍後編著的諸如《明季北略》、《平寇志》、《小腆紀年》等，都從中輯錄了資料；孔尚任的《桃花扇》傳奇所附徵引書目中也有本書。一部通俗小說，竟被當成了信史徵用，這也是中國小說史上絕無僅有的事。

《石點頭》和《醉醒石》

《石點頭》共十四卷，為明代擬話本，題「天然癡叟著」。書名標為《石點頭》，暗合「生公說法，頑石點頭」之意。生公，按南朝梁慧皎的《高僧傳・竺道生傳》記載：他曾於虎丘寺講《涅槃經》，人皆不信，後來他聚石為徒，宣講佛理，石頭都連連點頭。後來就把說服力強，感化力大的說教稱為「頑石點頭」。本書的作者以《石點頭》作為書名，大概認為他的這部著作具有明顯的勸世色彩。

根據龍子猶（即馮夢龍）為該書寫的序文謂：「浪仙氏撰小說十四種，以此名篇」，那麼作者「天然癡叟」即號浪仙。盧前《飲虹簃所刻曲》第四輯有張瘦郎〈步雪初聲〉，末附席浪仙曲三套，馮夢龍為〈步雪初聲〉寫的序中說：「野青氏年少雋才，所步《花間集》韻，既奪宋人之席，復染指南北調，感詠成帙；浪仙子從而和之，斯道其不孤矣。」浪仙可能就是席浪仙。有人推測，席浪仙是個末流的士大夫，他躋身於市廛，似乎也是書會、詞曲一類的人，因而他寫的《石點頭》在擬話本中具有一定的代表性，精華與糟粕共存。全書七卷十四個故事，其素材大多是摘自前人的筆記、稗史或文言小說中。

第三卷〈王本立天涯求父〉，寫孝子王原萬里尋訪父親並設法接父親回家團聚的故事。這個故事在李卓吾的《續藏書》和《明史》卷二百九十七〈王原傳〉中都有記載。《石點頭》保持了情節的基本真實，進行了再創造，豐富了情節，輔以環境烘托、景物描寫、細節描敘和心理刻畫，把故事渲染得有聲有色。寫出王本立之父實在不堪忍受官府的徵斂緊逼，不得已而拋妻離子遠逃他鄉的悲苦狀況，實際上是反映了明末賦稅苛重，官府層層勒逼，民不聊生，不得不背井離鄉的社會現實。肯定了王本立長大後常常思念父親的質樸情緣，以及他對奉行孝道的虔誠，作者對王本立天涯尋父孝心的描畫，並不是一種愚孝，而是對正常的人倫道德的闡敘。

第一卷〈郭挺之榜前認子〉，是宣揚「不孝有三，無後為大」的倫常觀，宣揚有子乃命中注定的宿命觀，而這又體現了善有善報的報應觀念。故事的主人公郭喬滿腹經綸，卻屢試不第，便厭倦科場，離鄉遠遊。途中見米天祿老人因欠朝廷的錢糧，被縣衙捉去。其女兒便自賣自身以贖出父親。郭喬同情他們的遭遇，贈銀十兩完稅，老人得救。後郭喬在荒山野嶺中碰到米老人父女，米老人為報恩，非將女兒送郭喬為妾不可。不久，郭喬回原籍，一別近二十年。郭喬與妾分別時，妾已懷孕，後生一男兒。郭正妻所生的男兒在十八歲時死去。郭喬不知妾生了男兒郭梓。再後郭喬科場高中，郭梓也金榜題名。起初，父子二人並不相識，後來才相認，父子同回家鄉，全家團圓，後繼有人，皆大歡喜，完成了作者的倫常觀和宿命論的主題。

第七卷〈感恩鬼三古傳題旨〉曲折地反映了科舉制度的弊端。鬼傳題旨是無稽之談，人傳題旨才是事實。這篇小說讓我們了解當時官場的虛偽和士風的糜爛。

第八卷〈貪婪漢六院賣風流〉是寫官僚惡霸盤剝百姓，尤其是對工商業者的敲詐。故事中的主人公吾愛陶官荊湖路條例司監稅提舉，駐紮荊州城外。他利用職權，捏造罪名，霸占了王大郎家產，並害王家七條性命，他榨取、毀掉徽州富商萬金貨物，又肆意汙辱毆打徽商汪某，百姓們都叫他「吾剝皮」。這是一篇正面寫官僚地主階級與工商業者尖銳的、不可調和的矛盾的作品，是難能可貴的。不過故事結局仍陷入因果報應，讓吾愛陶不得好死，家業徹底敗落，女兒為娼，兒子窮得成了偷兒。

值得提出的是，本書作者對於封建社會婦女的悲慘遭遇寄予深深的同情，與同時代的某些作家歧視婦女的作品明顯不同。〈侯官縣烈女殲仇〉是一篇思想性很強的作品。故事寫大地主、大惡霸方六一為圖謀秀才董昌之妻申屠氏，便結交盜匪，買通官府，誣陷董昌致死。申屠氏以智為夫報仇，連殺仇家五命，大快人心。作者對申屠氏的義烈作了熱情的頌揚，肯定了她的智慧、剛強與勇敢。在〈乞丐婦重配鸞儔〉中，著力描寫了一個叫化丫頭的聰明智慧、可貴的品質與美麗的外貌，最後重配鸞儔，過上了幸福生活，形象豐滿，不落俗套。〈玉簫女再世姻緣〉寫出了奴婢的悲劇命運，令人同情與欽敬。不過，有些卷目中的色情描寫是露骨的，反映了明末糜爛的世風，如〈潘文子契合鴛鴦塚〉寫畸形的男戀，就是深受了當時世風的影響。說明《石點頭》這部書，精華與糟粕並存。

《醉醒石》是產生於明末清初的一本較為優秀的白話小說集。作者署名為「東魯古狂生」，其真實姓名為誰不知道。作者以《醉醒石》題名，顯然寄寓諷世垂教的用意，希望自己的作品能像神奇的醉醒石一樣，對沉醉的世人起到清醒的解醉作用。作者沒有對書名作出解釋，我們可以將馮夢龍的解釋作比照。《醒世恆言》的「原序」說：「忠孝為醒，而悖逆為醉；節儉為醒，而淫蕩為醉；耳和目章、口順心貞為醒，而即聾從昧、與頑用嚚為醉。」作者的醒與醉的標準雖然超不脫封建綱常倫理範疇，但其針砭時弊，解醉當世的意圖是很明顯的。再從《醉醒石》的十五篇作品有十四篇取材於明代現實生活這點看，其醒世、警世的意圖也是很明顯的。它從生活的各個角度真實地描寫了腐朽頹敗的明代社會，其中有明代官吏的貪婪、科場的黑暗、軍隊的腐敗和青年男女的愛情婚姻等。作者以嚴肅的態度對蒐集的一些奇聞軼事作出說明和評判，進行褒貶勸懲。作者所展示給讀者的種種社會「醉態」，正是當時社會所存在的弊端，是「濁亂之世」必然產生的種種醜惡現象。

在暴露官場的腐朽黑暗方面，以第二回〈恃孤忠乘危血戰，仗俠孝結友除凶〉、第五回〈矢熱血世勛報國，全孤祀烈婦捐軀〉、第八回〈假虎威古玩流殃，奮鷹擊書生仗義〉等篇章比較集中、深刻。如〈恃孤忠乘危血戰〉揭露了「文官圖私，徵稅增耗，問事罰贖，一味揸錢」，和武官驕橫、各懷私心，互相傾軋的情景，作者憤慨地指出，由於各級官吏只圖利己，百姓越來越窮，國將不國了。而在〈矢熱血世勛報國〉中，深刻揭露明代官軍「禦敵無方，害民有術」的強盜行徑，他們禦倭寇時聞風逃竄，禍害百姓則「與倭寇不差一線」，凶狠、殘暴而無恥。在〈假虎威古玩流殃〉中，作者不僅把奸佞王臣以欽差大臣身份到江南搜尋書畫古玩時的種種罪惡行徑揭露出來，還把王臣奉旨搜索書畫古玩一事與宋徽宗時的運送「花石綱」相提並論，把譴責的鋒芒指向明王朝的最高統治者，形象地揭示出勞苦大眾遭受痛苦折磨的根本原因之所在。當然，作者的本意不一定在於揭露統治階級，但在作品的客觀描寫中，統治階級的醜惡嘴臉就自然顯露出來。

《醉醒石》還寫了一些反抗者的形象。如〈濟窮途俠士捐金，重報施賢紳取義〉中的浦其仁，他敢於挺身而出，抱打不平，聚眾痛毆鄉宦，挫敗了橫行鄉里的惡霸，為孤寡貧弱者伸張了正義，又有著救危扶困不望圖報的優良品質，稱得上一個正氣磅礴的人物。〈秉松筠烈女流芳〉中的程菊英，在豪富、鄉紳、官府的威逼下寧為玉碎，不為瓦全，以死向封建惡勢力進行不屈的抗爭。不過，作者筆下的反抗人物的行動總是被限制在一定的範圍內，或者力圖把他們的反抗納入自己封建說教的規範中，因而削弱了作品的思想意義。

《醉醒石》中還有一部分寫愛情和婚姻的內容，反映了當時青年男女的願望和追求、痛苦和鬥爭。〈穆瓊姐錯認有情郎，董文甫枉做負恩鬼〉中的妓女穆瓊瓊，為了擺脫被侮辱被玩弄的處境，費盡心思，結果還是被人拋棄，被社會吞噬。

魯迅先生指出，本書的藝術特點是以「刻露」、「簡練」的文筆描寫現實的社會生活，「平話習氣，時復逼人」，它繼承了宋元話本的歷史傳統，在人物形象的塑造和性格的刻畫上，多用白描手法，通過行動和對話來表現人物，取得了一定的成就。

王衡作曲一吐心中恨

晚明雜劇往往長歌當哭，主旨在於抒寫作者的憤懣不平，所謂「借他人之酒杯，澆心中之塊壘」，有些作家還在荒誕滑稽中寄寓了他們對人情世態的嘲諷。王衡的《郁輪袍》、《真傀儡》、《沒奈何》、《再生緣》等雜劇作品都體現了晚明雜劇的這種特色。

王衡（一五六一－一六〇九年）。字辰玉，號緱山，別署衡蕪室主人。江蘇太倉人。他的父親是萬曆年間大學士王錫爵。王衡幼年時便聰穎過人，讀書五行俱下，年輕時詩文為人傳誦。然而父親的高位並沒有給他帶來任何現實的好處。萬曆十六年（一五八八年），王衡參加順天府鄉試，中第一名舉人。由於前幾年張居正當政時利用權勢使自己的三個兒子連中高科，其他大臣也以權為子孫謀求科舉中的高名，而這次鄉試除王錫爵之子王衡外，還有內閣大學士申時行的女婿也中了舉人，有人懷疑這次考試有作弊行為，並特別提出連王衡在內的八個中的舉人為懷疑對象，要求王衡他們進行複試。複試的結果是除一人較差外，其餘七人都通過了。王衡認為這是奇恥大辱，因為為準備科舉考試，他從十八歲後便違背自己的愛好，放棄心愛的詩文，轉而專攻八股文。其實，這場科舉風波是朝廷內部內閣大臣與言官鬥爭的延續。王錫爵對此十分氣憤，他和申時行上疏皇帝要求辭職。後來上疏參劾他們的高桂、饒伸被免職，才平息了這場風波。然而，這次考試對王衡造成了極大的心理傷害，使他接連三次不參加春試，耽誤了九年。同時，由於這次事件引發的一系列矛盾鬥爭，導致了六年後王錫爵的被迫致仕。直到萬曆二十九年王衡四十一歲才考取第二名進士，授官翰林院編修。當時他的主考溫綸是少年得志的官員，他對王衡說：「十二年前我讀到你順天鄉試榮獲第一名時的試卷，我才學會寫作，想不到卻有今天這樣一段姻緣。」王衡聽了，辛酸地落下淚來。雖然科舉得中高名，但他並沒有為官多久便辭職歸家太倉，以奉養家居的父親。他的好友陳繼儒認為他是為了信守當年他倆一同歸隱的誓約，但王衡卻說：「我請假回鄉，不僅為了對得起你，也為了對得起當年彈劾科場案被罷官的高桂、饒伸二公。他們到現在還是在野之身，我能安心去做翰林院編修嗎？」可見他對自己有才被疑一事一直耿耿於懷。

除了科場風波外，王衡的家庭生活也充滿了不幸。王錫爵貴為宰相，家庭可謂安富尊榮，但王衡的一生經歷卻充滿了悲痛。他共四次結婚，前三次，妻子都早他去世。他的叔父沒有子嗣，王衡是王家兩房支脈的唯一繼承人，但他卻有三個兒子先後夭折，最後只遺留下一個兒子王時敏，雖然王時敏為他生了許多孫子，但他卻未來得及看見。王衡二十歲時，他的二姐因六年前未婚夫死亡，她在長期絕食之後精神失常，自稱為得道成仙，被人稱為曇陽子。而她的父親、王世貞兄弟及當時的文人名士以及當地鄉紳百姓都奉她為師，這時她去世了，數以萬計的百姓對她的遺體頂禮膜拜。禮部尚書徐學謨力主毀廬焚屍以絕異端，後來在皇太后的干預下才平息了此事。而當王錫爵入閣後，又有傳聞說曇陽子未死，而是和人私奔了，並且在大街上招搖過市，後經查實，在街上招搖的是他亡叔的小妾。這樣的事件對王衡及其家族來說均令其感到傷痛和羞恥。二十八歲那年，他的大姐又在京中暴卒。王衡一生經歷了這麼多的死亡和變故，對他的身心打擊甚大，不到四十歲，牙齒便開始脫落。四十七歲時王衡身患重病，先是不能進食，不能說話，後來連眼睛也看不到東西了，最後嘔血數升而死，享年四十九歲。

太倉王錫爵家族號稱為「宰執世家」，同時又是戲曲世家。王衡的叔父喜愛戲曲，王衡自幼有許多時候是跟隨叔父生活，叔父在這方面給了他很大影響。像晚明許多富有的家庭一樣，王家有自己的家庭戲班，還經常上演當時名劇如《牡丹亭》等，這種家風一直延續到清初，王衡的孫子曾自寫雜劇使家班演唱來娛樂雙親。從現存的資料看，王衡與當時一些著名演員也有交往。但王衡的戲曲創作只有雜劇，這些雜劇都是以劇中人物影射他本人或他的親族，如他的父親，主要是藉歷史人物為他們父子的生活經歷作寫照，具有鮮明的自敘性質和強烈的抒情寫憤特色，在晚明曲家中顯得獨標一格。

《郁輪袍》全名為《王摩詰拍碎郁輪袍》，可能作於順天科考風波之後，全劇七折。寫唐代詩人王維同好友裴迪入京應試。岐王久聞王維才名，欲求一見，屢次召見，王維均不前往。他又請王維到九公主家彈琵琶，並許以狀元及第，被王維拒絕。有個名叫王推的秀才聞訊而往，冒名為王維，進宮為九公主彈奏了一曲〈郁輪袍〉，雖有宮中琵琶高手曹昆侖指出他不學無術，但九公主因久慕王維才名，反而對他大加讚賞，並寫信給試官打通了關節，王推因此中了狀元，但當主考官複查試卷時，改取王維為第一，黜落王推。王推惱羞成怒，便在瓊林宴上誣陷王維受岐王庇護才得中狀元。禮官信以為真，於是也黜落了王維。恰好岐王來到，令二人當面對質，揭穿了王推，又將狀元衣冠還給王維。但王維已識破科場內幕，堅辭不肯再受，而和好友裴迪一起回輞川隱居去了。此劇本事出於唐代薛用弱的《集異記》，王衡以王維自比，主要是為了諷刺官場的腐敗，科場的不公。他是針對現實有感而發，明人認為這個劇本乃作者為解嘲而作。沈泰說：「辰玉掄元被謗，是辰玉大冤屈事，然卻是文章極尋常事。」「奪他人之酒杯，澆自己之塊壘，娓娓乎其言之。」對於科場風波，王衡滿懷憤慨，作《郁輪袍》一劇，他藉王維的最後得中狀元，表明自己在科考中得了第一是憑真才實學，不是謠言所能中傷的，以此來宣洩胸中憤慨。

《真傀儡》全名《杜祁公藏身真傀儡》，全劇一折。本事出自唐代劉禹錫的《嘉話錄》，講的是杜佑之事，而劇中移置到宋朝杜衍身上。寫宋丞相杜衍七十歲時告老歸鄉，隱於市井之中，終日逍遙自在，不覺過了二十年光景。一天時值春日，他身穿便服，騎驢下鄉，在桃花村見有人演傀儡戲，便混雜在人群中觀看。有商員外、趙太爺等鄉紳見他衣著可笑，對他大肆嘲弄，杜衍不予計較。戲演漢丞相痛飲中書堂、曹丞相銅雀臺和宋太祖雪夜訪趙普等歷代丞相故事，杜衍與村民歡笑開懷，看得十分盡興。這時朝使奉旨來向杜衍傳詔，杜衍沒有朝服，只好借傀儡衣冠接旨謝恩。隨即又有朝使前來封賞，眾人才知杜衍乃為顯貴，商員外等便對他趨附不迭。劇本把官場和戲場攪在一起，真真假假，虛虛實實，寓含著作者對官場的看法。王錫爵是一位兢兢業業、奉公守法的宰相，為人也很正派，他曾長期糾纏在激烈的官場鬥爭中，兩度被罷免宰相之職。《真傀儡》寫於萬曆三十五年（一六〇七年）王錫爵再次被召而辭免之後。王衡一直是父親當宰相時的助手和顧問，對朝中問題他有一些自己的看法。此劇據說是王衡為祝賀父親的壽誕而寫的，他在劇中藉歷史人物杜衍來影射自己的父親，一方面揭示出朝廷政治鬥爭的醜惡和複雜，另一方面也希望父親以歷史上的名相為榜樣，寄寓了他對父親的美好祝願。

《再生緣》共四出，寫漢武帝哀悼李夫人，李夫人再世為鉤弋夫人，二人重新又結為夫婦。這個作品是王衡悼念亡妻之作，寄寓了他對美好長久婚姻的期盼。《沒奈何》全名《沒奈何哭倒長安》抒發了作者在世間找不到出路的痛苦，是他極度彷徨、苦悶心理的直接表白，都是直抒胸臆之作。

王衡的雜劇歷來受到很高的評價，王驥德、沈德符說他的雜劇「大得金元本色，可稱一時獨步」。這和他在劇本中表現出對現實的強烈憤懣直接相關。

寫情能手：劇作家吳炳

湯顯祖創作的「臨川四夢」，在晚明的劇壇上產生了廣泛而深刻的社會影響，不少人追慕湯顯祖，學習湯顯祖的劇作進行創作，從而形成了中國戲曲史上的一個著名流派——臨川派。在臨川派的劇作家中，能夠繼承湯顯祖的創作思想，在戲曲創作上取得較高成就的是戲曲家吳炳。

吳炳（一五九五—一六四七年），字可先，號石渠，又號粲花主人。江蘇宜興人。吳炳生而文秀，富有才情。父親吳晉明學無成就，仕途不通，常遭別人的奚落，就把希望寄託在兒子吳炳身上。吳炳十二歲時，一天隨同學去城裡，回來時已經很晚了，吳晉明很生氣，就命人打酒備菜，把吳炳請到上席而坐，自己拿起酒壺，滿滿地斟上一杯酒，端著送到吳炳面前，對他說：「孩子，你千萬不要學你父親，一事無成。我是不成器的人，不能光宗耀祖，以至於今天受人欺辱。你一定要好好讀書，以慰父志。如果你能聽我的話，就喝了這杯酒！」吳炳非常感動，接過父親手中的酒杯，一飲而盡。從此之後，他發奮努力，閉門讀書，學問大進，尤其對《易經》產生了濃厚的興趣。吳炳十六歲那年，熊廷弼督學南都，見到吳炳，對他的才學很為賞識，就把他取為秀才。萬曆四十三年（一六一五年）吳炳參加鄉試，因為平日準備充分，他拿到試題後奮筆疾書，提前交卷，結果高中舉人。但因有人懷疑吳炳考試作弊，狀告禮部，禮部勒令吳炳停止會試，明年複試。第二年吳炳參加複試仍然高中榜首。萬曆四十七年（一六一九年）吳炳考中了進士，授任湖北省蒲圻知縣。崇禎二年（一六二九年）吳炳任福州知府，主持鄉試，陳況因考場作弊被當場拿獲，福州巡撫熊文燦親自為陳況說情，讓吳炳不要追究此事，遭到吳炳的拒絕。陳家又買通庫吏，給吳炳遞來三千兩白銀，同樣遭到吳炳的拒絕，並把庫吏立即革職，從這件事中可以看出吳炳為人的正直與為官的清廉。但官場黑暗，小人當道，吳炳只有急流勇退，辭官回家。

崇禎四年（一六三一年）春天，吳炳回到家鄉，在自己的宅基上建造了一個花園，取名為「粲花別墅」。在這裡，吳炳開始了他的戲曲創作，他和一些好友在一起切磋音律，召來戲班演唱戲曲，他還不厭其煩地教授童子學音律，自編自演，粲花別墅中常常是高朋滿座，歌聲繚繞。他的戲曲作品大多創作於這一時期。崇禎十四年（一六四一年），吳炳被昇任為江西提學副使，在任上他改革學政，盡心盡責。一六四四年，李自成率領的農民起義軍攻進北京，崇禎皇帝自縊於煤山。隨後福王朱由崧在南京登位，吳炳為了報國，趕往南京慶賀，之後又回江西任職。一六四五年，朱由崧建立的南明政權因腐敗無能而被清兵摧垮，唐王朱聿鍵在福州即帝位，吳炳又匆匆上路趕往福州，被任命為福州布政使。但很快唐王朱聿鍵又被清兵俘虜，吳炳就渡海去廣州扶持永曆小皇帝的表哥瞿式耜。清順治四年（一六四七年），清兵攻陷武崗，吳炳被清兵俘獲，被關進巨大的囚籠裡。就是在囚籠裡，吳炳仍攜帶著書籍，校注自己所喜愛的《易經》，視死如歸。最後吳炳絕食而死，完成了殉國的大節。

吳炳著有傳奇五種，即《西園記》、《綠牡丹》、《情郵記》、《療妒羹》、《畫中人》，合稱《粲花齋五種曲》，又稱《石渠五種曲》。五種戲曲從內容上看主要寫的是男女之間的愛情和婚姻故事，敘述的是才子佳人之間的悲歡離合。《西園記》共三十三出，寫退職官員趙禮有一子名惟權，一女名玉英，另收故友遺女王玉真。玉英、玉真親如姊妹，共住西園。玉英許王錦衣之子王伯寧，王伯寧與趙惟權同窗讀書，生性蠢笨，形同白痴，玉英對其很不滿意，鬱鬱寡歡。襄陽才子張繼華遊杭州，閒遊到西園，見到玉真，一見鍾情，並把玉真錯認為趙玉英。趙禮聞知張繼華的才名，特邀他來家設館，讓他與趙惟權、王伯寧共同課讀。趙玉英因不滿父母安排的婚姻，心憂而病亡。張繼華與趙惟權同赴京會試，並中進士，回來後應趙惟權之邀仍住西園。張繼華思念玉英不已，燈月之下直呼玉英的名字，玉英的鬼魂被張繼華的真情感動，就託名玉真前來與張繼華幽會。趙禮此時已收玉真為繼女，欲將玉真許配給張繼華，遭到張繼華的拒絕。後來經過玉英的勸說，才與玉真成婚。劇本一方面描寫了張繼華與王玉真對愛情的追求，另一方面也通過趙玉英之死控訴了不合理的封建婚姻制度。在藝術構思上，作者採用人鬼錯認、真假誤會的手法組織戲劇情節，使情節結構比較曲折生動。

《綠牡丹》共三十出，寫翰林學士沈重退隱在家，結文會為女兒婉娥擇佳婿。謝英有才而家貧，柳希潛有財而無才，車本高不務正業，謝英在柳希潛家做塾師，與好友顧粲一起切磋詩文。沈重開文會試，以〈綠牡丹〉為題，使參試人各賦一絕，柳希潛、車本高、顧粲三人參試，柳請謝英代作，車本高讓其妹車靜芳代作，只有顧粲一人自作。結果是柳希潛第一，車本高第二，顧粲第三。車靜芳見到柳希潛的詩愛慕其才，私令乳母去訪柳希潛，適巧柳不在，謝英在，乳母誤以為謝英就是柳希潛。柳、車二人爭當沈重的女婿，柳抄謝英的詩，車抄靜芳的詩，冒稱己作請沈重審閱，沈重託稱等他們科考之後再定。於是柳車二人私議，柳願娶車靜芳，而將沈婉娥讓與車本高，車本高答應，但車靜芳心中有數，一定要面試柳，仍以〈綠牡丹〉為題試柳，柳又讓謝英代作，結果露出了馬腳。沈重再開文會，出題令柳希潛、車本高、顧粲三人作文，嚴加監視，柳、車二人無法作弊，只好詐稱有病逃出。顧粲的文章則受到沈重的稱賞。最後是謝英與顧粲皆中進士，謝英娶車靜芳，顧粲娶沈婉娥，兩家同時舉行婚禮，才子佳人皆大歡喜。此劇是一個典型的喜劇作品，稱讚了才子謝英和顧粲，諷刺了作偽的醜角柳希潛和車本高，肯定了才子佳人的美滿婚姻。

《情郵記》共四十三出，主要敘述書生劉乾初與王慧娘、賈紫簫的婚姻故事。劉乾初身懷才學而家境貧寒，應朋友之招北上，途經黃河東岸驛站，題詩壁上而去。樞密院阿乃顏派人去揚州買妾，揚州通判王仁為了攀附權貴，用侍女紫簫偽稱為自己的女兒獻給阿乃顏，因此被提升為長蘆轉運使，攜家北上，路經黃河驛中，其女慧娘見到牆上的題詩，提筆和之，未成篇而去。後紫簫進京，也住於此驛，見牆上和詩未成，就續成全詩。劉乾初回來的途中再過此驛，發現了牆上的和詩，知為女子所作，就前去追趕，因眾人的阻攔而未能與女子見面。紫簫到阿乃顏府中，被其夫人轉賣出去。劉乾初因思念紫簫而生病，其友蕭一陽出千金將紫簫贖出，使劉乾初與紫簫成親。劉乾初上京應試中狀元，到黃河驛尋訪題詩的女子，得到慧娘，與之成婚，於是一夫兩妻大團圓。此劇以驛站題詩為線索，將男女三個主角的命運聯繫起來，情節曲折多變，且關目緊湊，被稱為「石渠（吳炳劇作）之冠，亦為明代各傳奇之冠」。

《療妒羹》寫楊器三十無子，其妻顏氏勸其娶妾，楊器不肯。富豪褚大郎年五十無子，其妻苗氏性格嫉妒，不讓其娶妾，經多方勸說才讓其納喬小青為妾。小青聰慧貌美，善寫詩。苗氏嫉妒她，把她幽禁後園，不許褚大郎親近。顏氏來褚家，見到小青，對她分外憐愛。小青向顏氏借閱《牡丹亭》，題詩箋放入書中。書還給顏氏後被楊器發現，對小青的詩才稱讚不已。苗氏將小青遷居於西湖孤山，小青憂鬱成病，畫像留為紀念。苗氏欲毒死小青，被陳媽媽瞞過，謊稱小青已死。楊器得知小青已死，十分悲傷，借來小青的畫像頻呼其名。顏氏將小青藏在家中，讓楊器納為小妾。後顏氏與小青各生一子。褚大郎婦前去祝賀，才發現小青未死，其友韓向宸拔劍威脅苗氏，令其發誓不再嫉妒。此劇在故事結構與情景設置方面有意模仿《牡丹亭》，在晚明流傳眾多的關於小青的故事中獨具一格。其中的〈題曲〉一出至今還在崑曲舞台上演出。

《畫中人》的本事出於唐人小說〈真真〉，寫書生庾啟自畫意中美人，玩賞美人畫圖不已。後來在華陽真人那裡學來呼喚畫中美人的法術，將畫中美人鄭瓊枝喚下畫來。鄭瓊枝是鄭超的女兒，庾生所畫的美人正與她相貌相似，其魂被庾生喚去，兩人結為姻緣。後瓊枝死而復生，與庾生結為夫妻。

吳炳是寫情的能手，他的五種傳奇所寫的都是有關男女愛情和婚姻的題材，在寫法上善於運用誤會與巧合結構故事，使戲曲情節與戲劇衝突顯得奇巧多變。吳炳試圖通過對男女愛情的描寫，歌頌情的力量，在《畫中人》的劇中他曾說：「天下只一個情字。情若果真，離者可以複合，死者可以再生。」這種觀念正是從湯顯祖《牡丹亭》所宣揚的「至情」的觀念發展而來。吳炳的劇作中經常提起《牡丹亭》，尤其是《畫中人》和《療妒羹》顯然在有意地學習借鑑《牡丹亭》的某些寫法，說吳炳是臨川派中最接近於湯顯祖的作家，是湯顯祖的緊密追隨者，也不算過分。

徐霞客：踏遍青山寫奇文

徐霞客（一五八六—一六四一年），名弘祖，字振之，號霞客，直隸江陰（今江蘇江陰）人，明末傑出的地理學家、偉大的旅行家。他畢生寄情山水，對中國多姿的地理地貌和優美的自然風景有計劃地進行考察旅遊，歷時三十四年，足跡遍及江蘇、浙江、福建、湖南等十六個省區。在萬里行程中，他堅持寫日記，隨時隨地把旅途見聞和考察心得記錄下來，寫成了洋洋六十餘萬字的千古奇文《徐霞客遊記》，開闢了我國地理學方面系統地考察自然、描寫自然的新方向，把中國古代遊記體散文推向高峰。

徐霞客出身於一個世代書香的江南望族家庭。祖上歷代素有藏書之風，有「清江文獻巨室」的美譽。徐霞客從小就置身於這樣一個書海之中，養成了嗜好讀書的習慣，被當時人稱為「博雅君子」。他最感興趣的是古今史籍、輿地志、山海圖經和遊記一類的著作，祖國的壯麗河山強烈地吸引著他，使他很早就萌生了「問奇於名山大川」的志願。徐霞客的祖父和父親都是當地有名的隱居學者，這種無形的家庭影響使徐霞客年少時就宦情淡漠。加之當時魏閹弄權，朝政腐敗，徐霞客十分不滿，決定終生不應科舉、不入仕途，而毅然走上了重實踐、勤思考的地理考察之路，以極大的熱情投身於「振衣千仞崗，濯足萬里流」的旅行事業。

萬曆三十五年（一六〇七年），一個春光明媚的日子，二十二歲的徐霞客在母親的鼓勵下，第一次遠離家門，出遊太湖。徐霞客是個孝子，一直恪守著「父母在，不遠遊」的古訓，雖然他心中對外面的世界十分嚮往。通情達理的母親看出兒子的心事，親手為他縫製了一頂「遠遊冠」，表示對他所抱遠遊大志的理解與支持。徐霞客從家鄉乘舟而行，入運河，進太湖，在湖光山色中泛舟賦吟，「登眺東西洞庭兩山，訪靈威丈人遺址」。從此以後，徐霞客便春去秋回，南來北往，風塵僕僕，探遊神州山川名勝。路程越走越遠，時間越走越長，腳板越走越硬，興味越走越高。往北他遊歷了齊、魯、燕、冀、京師諸地；往南他觀賞過江蘇、浙江、安徽、江西、福建等地的自然風光；往西他到達了河南、四川、陝西等地。這一階段的旅行目的，用徐霞客自己的話說，是「五嶽之志」，「慕遊名山大川」。因此他重點遊覽了一些名山勝跡，如泰山（山東）、天台山、雁蕩山（浙江）、黃山、白嶽山（安徽）、武夷山（福建）、廬山（江西）、嵩山（河南）、華山（陝西）、武當山（湖北）等。遊天台山，是在萬曆四十一年（一六一三年）清明節前後，江南大地乍雨乍晴，徐霞客冒著細雨一口氣登上了天台山的主峰——華頂，天台山的雨後美景令他流連忘返，下山後他心潮澎湃，把所見、所聞、所感操筆寫了下來，即〈遊天台山日記〉。接著，他又興致勃勃地南往「天下奇秀」的雁蕩山，寫下了〈遊雁蕩山日記〉。這是《徐霞客遊記》一書中現存時間最早的兩篇遊記。

這一時期因為母親健在，徐霞客一般是「遊必有方」，每次出遊時間不長，少則十天半月，最多也不超過三個月。每次回來，他都要向老母親敘述遊歷中的所見所聞，奉上旅途蒐集的珍奇物品。他還曾陪同母親一塊遊覽過宜興的善卷洞、張公洞等名勝。一六二五年，八十一歲的母親病故，徐霞客守喪終了，感慨地說：「從前以母在，此身未可許人也；今不可許之山水乎？」於是拜別母親的墓墳，從崇禎元年（一六二八年）起，又戴上遠遊冠，放志遠遊，不計里程，不計日月，旅泊岩棲，遊行無礙。到崇禎六年（一六三三年），徐霞客又遊歷了飛霞削翠的浮蓋山；佛教名山五台山和被譽為「朔方第一」的恆山，等等。

徐霞客愛山、愛水、愛大自然。他自稱有「山癖」，朋友們說他「尋山如訪友，遠遊如致身」。許多名山大川他都不止去過一二次，像黃山、天台山、雁蕩山等。只要一看到山，無論困難多大他都要攀登而上，在安徽遊白嶽山和黃山時，正當寒冷的隆冬季節，大雪封山，「雪且沒趾」，「其陰處連雪成冰，堅滑不容著趾」。連山上寺僧都無法下山取糧。而徐霞客依舊沒有退縮之意，「持杖鑿冰」，一步一步艱難地攀上山去。徐霞客遊山時，他只要聽人家說某處有奇峰、有岩洞、有險境，總是神采飛揚，掉臂便往。友人陳明卿告訴他，崆峒山是仙人廣成子居住過的地方，上山可見塞外風光。他一聽，只帶了三天的乾糧就啟程了。當時，正值皇太極統領清兵攻入長城的時候，北方形勢十分緊張，但他毫無畏懼。面對祖國壯麗的山河，徐霞客甘願把詩人般的滿腔熱情全部奉獻給她。在他的隨行隨記的日記中，他縱情地謳歌著一座座高山峻嶺。他讚雁蕩山如芙蓉插天，評黃山為「生平奇覽」，頌廬山「爭雄競秀」，細膩表現出了他的愛山、戀山之情。

徐霞客不僅愛遊山，而且還喜愛交友，明末名士如黃道周、陳繼儒、陳函輝等都是徐霞客的至交，後來遍傳天下的「霞客」之號便是陳繼儒所起。崇禎九年（一六三六年）九月，在他們的鼓勵下，年近五十歲的徐霞客開始了他一生中時間最長，也是最後的一次旅行，即西南之行。臨行前他告訴家人：「譬如吾已死，幸無以家累相牽矣！」遂與方外朋友靜聞結伴，帶一名叫顧行的僕人出發了。他們由水路行經無錫、蘇州、上海進入浙江境。一路告別諸友，又一路遊桐廬、蘭溪、金華、龍遊後進入江西。在江西吉安，遇到一群強盜搶劫，徐霞客臨危不懼，幸免於難。他們游了痳姑山、天柱峰、會仙峰、武功山，然後進入湖南境，曾遊痳葉洞、衡山。在衡陽新塘又一次遇上強盜，靜聞和僕人受傷，錢物被洗劫一空。朋友都說前途安危莫測，勸徐霞客返回家鄉，但霞客回答說：「吾荷一鍤來，何處不可埋吾骨耶？」他從衡陽朋友家中募集了六十多兩銀子，逗留了一個多月，抱病考察衡陽的山水名物後，於一六三七年四月七日乘舟溯湘江而上，進入了廣西境地。

從這一天起，到第二年三月二十七日由廣西南丹入貴州，徐霞客在廣西境內遊歷考察近一年，占他西南游全程三年九個月時間的四分之一，其行程約達五千四百里，考察的路線從桂東北，經桂北、桂東南到桂西，然後又轉桂北，先後到過廣西的三十四個城市，足跡幾乎遍及半個廣西。如以目前所存《遊記》的篇幅來計算，則〈粵西遊日記〉約二十萬字，占全部遊記將近三分之一。他在廣西考察涉及的範圍也無所不及，既包括山川洞穴、岩溶地貌和生態物候等自然現象，也包括民生民俗、文物古蹟等人文景觀。而他對廣西地區石灰岩地貌、分布、類型和成因的考察和描述，比歐洲最早對石灰岩進行考察和描述的愛士倍爾早一百多年。這在中國和世界地理學史上都是空前的創舉。

在柳州，靜聞和尚病危，臨死囑徐霞客將其屍骨帶到滇西北的雞足山埋葬。徐霞客悲痛欲絕，做詩〈哭靜聞禪侶〉，於是改道北行，取道貴州入滇。貴州之行是徐霞客整個西南遐徵中最困難、最險惡的一段遊程，他又兩次遇盜，身無分文，幾度絕糧，在人跡罕至的深山密林中艱難跋涉。但險中覓勝更別有樂趣，也就是在黔遊中，徐霞客觀賞到黃果樹瀑布奇境。在《徐霞客遊記》中，一共記過七十四處瀑布，但大都較簡短，而寫得最詳細的當是對黃果樹瀑布的描述了。

一六三八年五月，徐霞客由西南勝境關進入雲南。他先是對滇東的地理風貌進行實地考察，然後帶著靜聞的屍骨登上了佛教聖地雞足山。正當這次西南之行臨近尾聲時，僕人顧行已經忍受不住旅途的艱苦，在雞足山寺院裡偷去徐霞客所有衣物，逃之夭夭。這時的徐霞客，由於長期艱苦的野外生活，再加上這個精神打擊，身體狀況越來越不好，但他還是接受了麗江府木增的邀請，前往麗江編修《雞足山志》，又帶病遊歷了麗江、大理等地的熱帶叢林風光。本來徐霞客還想越過國境進入緬甸，因當地人再三勸阻，才打消出國計劃。後來他染上了瘴瘟，全身生瘡疹，又不慎失足摔傷，無法行走。木增派人護送他返回了家鄉。

徐霞客回家後不久便病倒了，但他念念不忘自己的崇高事業。他把野外採集的岩石草木等標本放在床邊觀察研究，並把長年旅行積累下來的一大箱旅遊日記交給摯友季夢良整理。正當季夢良著手開始整理時，徐霞客病情突然惡化，於崇禎十四年（一六四一年）與世長辭，終年五十六歲。徐霞客臨終時，手裡還緊緊攥著兩塊岩石標本。徐霞客去世後，他的遊記由季夢良、王忠仞等整理編輯成冊，流傳於世，被譽為「世間真文字、大文字、奇文字」、「古今紀遊第一」的「千古奇書」。

《徐霞客遊記》是我國歷史上篇幅最大、最為傑出的遊記著作，它以時間為線索，以山川為脈絡，以清新優美的文字描繪出一幅幅大自然的瑰麗圖畫，記錄了祖國千山萬水的各種風光勝蹟，是一部活生生的旅遊百科全書，標誌著中國的旅遊學躍上了一個新的台階，具有極高的科學價值。同時，這又是一部優美的日記體的遊記散文集。在我國歷史上，以遊記為體裁的文學不乏膾炙人口的名篇，但是，像《徐霞客遊記》那樣，遊歷之廣，時間之長，內容之豐富，科學價值與文學價值並茂，可以說是空前的。其文直敘情景，文字質樸；天趣旁流，自然奇景，峰巒起伏，隱躍筆端，源流曲折，躍然紙上，刻畫出一個踏遍青山、不畏艱險，勇於探索的偉大的旅行家形象，是中國文學史上一部不可多得的遊記散文珍品。

被皇帝憤恨的明代禁書

朱元璋建立大明帝國以後，為了加強思想統治，採取了一系列的禁錮人們思想的政策，明朝的文禁空前森嚴。朱元璋首立大學，將朱子之學定為正宗。令學者士子非五經孔孟之書不讀，非濂洛關閩之學不講。此後，他又大肆殺戮功臣，興起嚴酷的文字獄，受牽連者成千上萬。此後的明王朝統治者持續了這種統治，直到明中後期朝綱廢弛、內憂外患、國勢漸弱時，這種可怕的政治氛圍才有所改變。

明代統治者的禁書正是他們推崇儒教、宣傳程朱理學的行動反映。《大明律》規定：「凡私家收藏玄象器物、天文圖讖、應禁之書及歷代帝王圖像、金玉符璽之物者，杖一百。」律中對何謂「應禁之書」並無規定。因此，可以這樣說，只要是統治階級認為是不合時宜的，是統治階級所討厭的書，都可以看做是「應禁之書」。這種概念範圍的不加限定，使得士大夫們不敢貿然刊印他們的著作。

朱元璋自己出身低賤，對士大夫階層，一方面他不得不使用他們，以治理國家；另一方面，他懷疑士大夫們會輕視嘲笑他的出身，換句話說，他嫉恨士大夫階層。因此，朱元璋在鞏固了自己的統治之後，就以興起文字獄等這樣那樣的原因殺害士大夫文人，如魏觀和高啟的被殺即屬此列。因士大夫文人被殺害而遭禁的書有汪廣洋的《鳳池吟稿》、高啟的《吹台》、《鳳台》等集、魏觀的《蒲山牧唱》、徐賁的《北部集》、王行的《半軒集》、謝肅的《密庵集》等。實際上，這些士大夫文人被殺害後，他們的文集雖然明王朝沒有明令禁止，但在專制淫威下，沒有人敢在朱元璋統治時期再來刊布這些文集。因此，有人稱明初的這批書禁為「不禁而禁」。

通過「靖難」之名奪取了統治權的明成祖朱棣比朱元璋有過之而無不及。在他因起草詔書事殺了方孝孺之後，保存方氏作品集的章樸就被處以死刑。絕大多數人哪裡還敢收藏這類著作？明成祖時期這類不禁而禁流傳下來的著作絕大多數是由後人編撰成集的。如練子寧的《金川玉屑集》是弘治年間編定的。茅大芳的《希董先生遺集》也明顯為後人所編。

隨著城市工商業的發展，資本主義生產方式逐步萌芽，在思想領域意識形態方面有新的思想在崛起並發展，與程朱理學形成了鮮明的衝突。而明代中後期、政治上的嚴酷統治已經由於種種主客觀條件的改變而發生了變化，思想界逐步活躍。針對這樣一個程朱理學受到衝擊、異端思想紛出的局面，明朝政府開展了以改變整頓人們叛逆思想為目的的禁書活動。以「禁書」代替了朱元璋、朱棣對士大夫的打打殺殺。

這種性質的禁書活動始於明英宗時禁《剪燈新話》，到明神宗時禁李卓吾的著作而登峰造極。明英宗正統七年（一四四二年）二月辛未國子監祭酒李時勉奏請禁毀《剪燈新話》，他寫道：

> 近年有俗儒，假託怪異之事，飾以無根之言，如《剪燈新話》之類，不唯市井輕浮之徒爭相誦習。至於經生儒士，多捨正學不講，日夜記意，以資談論。若不嚴禁，恐邪說異端日新月盛，惑亂人心，實非細故。……凡遇此等書籍，即令焚毀。有印賣及藏習者，問罪如律。庶俾人知道，不為邪妄所惑。

禮部和英宗同意了李時勉的進言，《剪燈新話》等書於是被禁。

《剪燈新話》是中國第一部禁毀小說，也是一部典型的才子傳奇小說集，最初有四十卷，以抄本流傳，其所收的二十一個故事，絕大多數是幽冥志怪故事。後世較為稱道的有〈金鳳釵記〉、〈牡丹亭記〉、〈翠翠傳〉、〈綠衣人傳〉等。

《剪燈新話》之後，仿擬之作有明永樂年間的李禎的《剪燈餘話》、萬曆年間的邵景詹的《覓燈因話》，合稱「剪燈三種」，按李時勉所言，皆應在被禁之列。

李贄是泰州學派後期的代表人物。他繼承了王陽明的學說，提出並主張自然人性，公開以「異端」自居。他認為「穿衣吃飯即是人倫物理」，不應「以孔子之是非為是非」，震動了晚明思想界，很快在思想界和文學界形成了一股頗具聲勢的潮流。而這正好觸犯了以程朱理學為正統的封建統治階級的利益，頑固守舊的人對他十分仇恨。萬曆三十年，七十六歲的李贄受到禮科都給事中張問達的上書參劾：

> 李贄壯歲為官，晚年削髮。近又刻《藏書》、《焚書》、《卓吾大德》等書，流行海內，惑亂人心。以呂不韋、李園為智謀，以李斯為才力，以馮道為吏隱，以卓文君為善擇佳偶……以孔子之是非為不足據，狂誕悖戾，未易枚舉。大都刺謬不經，不可不毀者也。

明神宗想藉用李贄事件整肅當時日益走向解放的思想界。《焚書》、《藏書》、《卓吾大德》、《說書》等李贄著作遭到了禁毀。

由於李贄的思想是與當時的社會經濟基礎相適應的意識形態之一，因此，幾年之後，李贄的著作就又盛行起來。在明王朝政治經濟危機日益加深的情況下，明王朝採取了最後一次禁書措施，這就是崇禎十五年（一六四二年）禁止《水滸傳》。

崇禎末年，不少人組織團體，以《水滸傳》中英雄為開山祖師，許多義軍組織參照了《水滸傳》的做法。李青山乾脆就在梁山一帶起義，「破城劫獄，殺人放火，又學宋江」。因此，崇禎十五年四月十七日刑科給事中左懋第上本奏：認為《水滸傳》一書「貽害人心，豈不為可恨哉」，請求皇帝堅決禁毀該書。崇禎十五年六月，朝廷頒旨，嚴禁《水滸傳》。規定山東一帶要「大張榜示，凡坊間、家藏《水滸傳》並原版，盡令速行燒毀，不許隱匿」，其他地區也要這樣做。

統治者的禁毀《水滸》是因為怕人民學水滸人物起來造反，書雖然禁了，但明王朝在浩浩蕩蕩的人民起義的打擊下，還是走向了滅亡。

明代後期，統治集團內部始終派系紛爭不斷，其鬥爭愈演愈烈，而這種派系的鬥爭竟然也反映到了禁書上來。

最早的因為派系傾軋而致的禁書是《憂危竑議》。這部書把歷朝發生過的皇帝廢嫡子、長子，立庶子、次子的故事加以集中引述，以反對這種違背常規的可憂可危的事。此書涉及到了神宗寵愛的鄭貴妃的擁護派、反對派的矛盾，也涉及到首輔趙志皋與次輔張位之間的矛盾。

此後又出現了萬曆三十年，涉及到首輔沈一貫、次輔沈鯉兩派之間矛盾的《續憂危竑議》也遭禁止。

天啟、崇禎年間由派系鬥爭而導致的禁書是《三朝要典》。天啟時期，承認此書的觀點，禁止與此書觀點相反的書；崇禎年間，則禁止《三朝要典》。

《三朝要典》記載的是明代後期著名的三大案：神宗時的「梃擊」案，光宗時的「紅丸案」，熹宗時的「移宮」案。此書的編寫，是天啟年間各派政治鬥爭的需要。天啟五年，魏忠賢已完全掌握了政權，他借《三朝要典》這部書的編撰刊布，打擊政敵楊漣、左光斗、慎行等人。魏氏企圖通過此史書證明自己的所作所為的「完美」，熹宗曾下旨，稱讚此書「乃人心之公論，萬世之大防」，與之相反觀點的書當然要禁絕。於是《天鑑錄》、《點將錄》、《初終錄》等書遭禁。

正當魏氏與高采烈、擊掌相慶時，明思宗即位，他大力打擊魏黨，於崇禎元年

（一六二八年）五月，下令毀《三朝要典》，此書於是遭禁。

明代禁書中還有一種特殊情況就是寫作刊行於明代，而在清代遭禁的書，如《如意君傳》、《肉蒲團》、《癡婆子傳》、《情史》、《僧尼孽海》等淫穢言情小說和《英烈傳》、《禪真逸史》、《隋煬帝豔史》、《遼海丹忠錄》等寫歷史的小說以及格調趣味低下的笑話集《山中一夕話》、《笑讚》等，因其在清代已被禁止，在此，就不一一贅述了。

復社文人張溥的坎坷人生

明神宗萬曆三十年（一六〇二年），張溥出生於江蘇太倉。溥是他的名，他的字先是乾度，後又改為天如，他的號為西銘。在他的家族中，他的伯父張輔之任南京工部尚書。他的父親張翼之，字為爾謨，號為虛宇。包括尚書的兒子在內，張溥同輩兄弟共十二人，張溥排行第十。

張溥自小就很聰明。他六七歲時，兄弟們在互相嬉戲時，他從來不參加，只是獨自一個人在旁邊靜靜地觀看。每天一早起來，他便帶著筆墨跟著他的老師劉振溪學習。傍晚便回家，有時父親便喊他過來問他今天學了什麼東西，他便口中琅琅背誦起來，一口氣便是數千句，他的父親虛宇公非常憐愛他，希望他以後能夠有所成就。十一歲時，他跟著張露生先生學習，先生很讚賞他，師生之間的關係處得也如同朋友一般。萬曆四十四年（一六一六年），家族內部關係不融洽。伯父張輔之，雖然官位顯赫，貴為工部尚書，不但對弟弟翼之毫無幫助，反而常常欺凌他，後來索性縱使自己的門客和手下的奴才對弟弟強爭硬奪。翼之身受欺凌，然而自己家中，長子才二十歲出頭，最小的才八九歲，縱然子多，無一官半爵的氣勢。翼之忍氣吞聲，只希望自己的孩子能夠發憤讀書，以求得功名，不再受別人的欺辱。第二年，也就是當張溥十六歲時，父親因為長期怨氣積心，以至於氣結成病，臨死時，父親雙眼緊閉，淚流滿面。

因為張溥是庶出，所以一直不為家族中的人所尊重。輔之的家人對他尤其無禮。曾有一次，輔之的家人有意生事誣陷翼之，為此，張溥咬破手指在牆上書寫道：「不報此仇，誓不為人！」那個家人聽說了這件事嘲笑張溥說：「趿拉個破鞋的小兒，能有什麼大的作為！」張溥有淚只能往肚裡流，從此，他刻苦讀書，不分白天黑夜。曾經在一個雪夜裡他已經睡了，又起來繼續讀書，直到天亮，以至於鼻子流出血來。

父親去世後，他便和母親遷居到西郊。他認真讀書，他所讀的書一定要親自再抄寫一遍，抄完以後，再朗讀一遍，就把手稿燒掉，然後再抄，再讀，再燒掉。像這樣，他要做六七遍才罷休。採取這種方法學習，時間長了，他右手拿筆的地方，都磨出了硬繭，幾天之後就得用刀把繭割去。在冬天手凍裂了，每天就得用熱水泡好幾次。他之所以稱他的書房為七錄齋，也就是這個原因。

光宗泰昌元年（一六二〇年），張溥被補為博士弟子，名聲大振。同年，他開始和張采交往。

張采字受先，與張溥是同鄉。張采住在南郊，而張溥住在西郊，人稱南張、西張，合稱兩張先生。天啟三年（一六二三年），張采來到七錄齋，以後五年間，張溥和張采在一塊共同學習，可以說是形影相依，聲息相通。張溥一生中最好的朋友可以說是張采了。以後，兩人又拜訪了周鍾（金沙大族的一個才人）。三人一見，倍感相識恨晚，在一塊談話整整五個晝夜。到一六二四年，張溥感到時機成熟了，就在蘇州創立了一個文社——應社。剛一開始，共有十一人，包括張溥、張采、楊廷樞、楊彝、顧夢麟、朱隗、王啟榮、周銓、周鍾、錢旃。他們雖然以「尊經復古」為號召，以文會友，但他們更以氣節為重，也就是要先有一等的人品。他們每人專攻一經，每月就聚到一塊互相切磋，所以他們不僅五經皆通，而且所專攻的一經也達到精深的地步。這種方法後來流傳到了浙江。而後來清代經學之所以發達，也從這裡能找到淵源。應社後來又有荊良、吳有涯、夏允彝、陳子龍、陳元綸、蔣德璟等人加入，他們意氣相投、清議政治，儼然成了一個政黨。而此時的張溥學習更為刻苦。夏天伏月，他把兩腳放在盛著水的瓦罐裡，常常讀書到深夜。有人譏笑他，說他迂腐，他充耳不聞。曾有一次他誤把墨汁沾到了粽子上，吃時卻渾然不覺，以至嘴角漆黑。張采在一邊笑他，他始終沒有覺察。

天啟六年（一六二六年），前吏部主事周順昌被捕，蘇州市民哭聲震天，為他鳴不平。閹黨不准他們哭送周順昌。大家憤怒至極，在應社的楊廷樞筆人的率領下，他們痛打了閹黨的爪牙。後來事情追究下來，他們中有五個人被逮捕並被殺害，他們是顏佩韋、楊念如、馬傑、沈揚、周文元。在魏閹被誅之後，張溥寫了一篇〈五人墓碑記〉，在這篇文章中，他歌頌了英勇的蘇州市民反抗逆閹的正義鬥爭，強調匹夫之死「有重於社稷」，遠非「縉紳」所能及。本文內容充實、文風質樸、語言慷慨有聲，是一篇政治性很強的散文。到了崇禎元年，張溥被皇帝特召入京師，以貢生的身份進入太學，張采此時亦成為進士，兩人名揚天下。當時，所有進入太學的貢生都以一睹張溥的容顏為榮。為此，他聚集了許多的讀書人成立了成均大會；之後在京師他又組織了燕颱社。他之所以如此，是針對國內醜類猖狂、正氣衰竭的情況。他提倡「尊經復古」，其意並不在於古文辭，而重在古之道，古之事理，用現在的話講就是不是為復古而復古，而是要古為今用，進一步講就是要有益於社稷。這一年秋季，艾南英來到婁東七錄齋，和張溥共同談論朱熹與陸九淵之異同，兩個人意見不合。實際上艾南英與張溥之間的爭論，是兩個派別之間的爭論。當時明代文章分為兩派：一派主秦漢，一派主唐宋。主秦漢的為王世貞、李攀龍，他們取法《左傳》、《史記》。主唐宋的為歸有光、唐順之，他們師承歐陽修、曾鞏和韓昌黎。張溥屬於秦漢一派，艾南英則屬於唐宋一派。

崇禎二年（一六二九年），張溥二十八歲時，他合併了十六個文社，組成了一個文社——復社。他說：「當今的讀書人，不懂得經術，不少人學會的只是溜鬚拍馬，上不可以佐助國君，下則無法給百姓帶來幸福。人才日少，吏治混亂，都是由於這個原因。我張溥自不量力與四方有志之士共同倡導復興古學，是為了將來某一天有用於國家。」大家都很贊同他的觀點。江浙以及周圍的英才俊傑都以加入復社為榮，以不能加入復社為恥。復社的名聲震動了朝野內外。

張溥的同鄉陸文聲，曾經求請加入復社，沒有得到允許，於是懷恨在心。後來，當溫體仁手握重權時，他便向官府上告說：「世風日下的根源在於讀書人，像張溥、張采為盟主發起組織復社，實際上就是要使天下大亂……」溫體仁責令提學御史倪元珙、兵備參議馮元颺、太倉知州周仲連來查辦此事，拖了很長時間，三人都說：張溥、張采行為端正，沒有什麼可以治罪的。結果三人都被貶官且以後常因此事而窮究不捨。福建人周之夔，曾經做蘇州推官，因為自己品行不端生事而被罷免，便懷疑是張溥從中做了手腳，對張溥恨之入骨。他一聽說陸文聲在上告張溥，就立刻也向官府告張溥，說自己之所以被罷官是張溥從中作梗，還說復社如何如何猖狂。巡撫張國維經過調查發現，周之夔被罷官與張溥沒有任何關係，他上書言明此事，結果卻受到了上級的譴責。復社成立以後，多次召開大會。

一六三三年三月的虎丘大會，可以說是盛況空前。到集會的那天，各地乘船坐車來的有幾千人，大雄寶殿裡裡外外都是人，真個是車水馬龍，萬頭攢動。遊人都紛紛前來觀看，都以為三百多年來都沒有這麼大的集會。不少參加復社的人都說：我們是繼承了東林黨的遺風。這使朝廷中的一些人對張溥更是仇恨。自此以後，他們更是加緊對復社文人，尤其是對盟主張溥的迫害。

張溥以天下為己任，又害怕因諂言而受到迫害。長期下來以致鬱結成病。崇禎十四年（一六四一年）五月初八日晚，張溥溘然長逝。他臨死前，對身邊的僕人說：「月亮真好，我要上路了。」說罷，就閉上了眼睛。這一年，他僅四十歲。

抗清鬥士：幾社領袖陳子龍

明朝中後期的東林黨是一個較為進步的政治團體，東林黨人多是一些具有聲望的士大夫，獲得了知識界的推崇。天啟、崇禎年間，許多知識分子紛紛組織社團支持他們的政治主張，後有張溥、張采等將這些社團組成復社，主要從事反對魏忠賢閹黨的鬥爭。在松江，陳子龍、夏允彝他們也組織了「幾社」和復社相呼應，它既是文學團體，又是政治團體，是東林黨一個重要的基礎組織。幾社取友嚴謹，砥礪名節，以品格學問相尚。後來明朝滅亡後，夏允彝、夏完淳、陳子龍等幾社首腦都以身殉國，顯示出崇高的氣節，在明末眾多的愛國志士中，堪稱代表。

陳子龍（一六〇八—一六四七年），原名介，字人中，更字臥子，號大樽，又號軼符，晚號於陵孟公。江蘇華亭（今上海松江區）人。他的祖輩們雖然沒有做過官，但家境一直比較富裕，在當地有一定的名望。他的曾祖陳鉞曾自帶家奴和佃夫二百多人抗擊入侵當地的倭寇，給倭寇以沉重打擊，當政府要授他官職時他卻辭而不就。陳子龍的父親中過進士，為官不畏權閹，是很有清望的士大夫。

陳子龍的一生可以分為三個階段。青少年時期他是名士、才子，關心的是詩文和科舉。從三十歲到明朝滅亡，他是一名為國為民的志士。明朝滅亡後，陳子龍堅持抗清鬥爭，是一名為國殉身的鬥士。

作為一個名士、才子，陳子龍青少年時期的生活主要是讀書、應舉，當然也不乏社會活動。他幼承家教，奮志讀書，精通經史，十多歲就有文名，被父輩東林人士所器重。十四歲時他中了秀才。十七八歲時，蘇州一帶因抗議逮捕周順昌，人們紛紛而起反對閹黨，陳子龍製了一個草人，寫上魏忠賢的名字，然後約朋友一起朝它射箭，來發洩對閹黨的不滿。陳子龍是一位「好奇負氣，邁越豪上」，「慨然以天下為己任，好言王伯大略」的人物。青年時代就顯示出關心國事、正直豪邁的特點。他與同郡的夏允彝等組織幾社，也是在這個時期，他逐漸成為復社的主將，成為江南一帶很有影響的青年名士。作為一個才子，陳子龍也有其風流放蕩的一面。他早年娶妻張氏，後來又與江南名妓柳如是產生了一段風流綺豔的感情。

柳如是雖是一名妓女，卻有過人的才情，而且有著忠烈意志，是極不平凡的一位女子。柳如是本姓楊，原來是嘉興名妓徐佛的侍婢，後轉為吳江故相周道登家的姬妾，被人嫉妒，賣入娼門，因而流落民間。在松江時與當時名士相交往，她為人風流放蕩不拘常格，曾一度與陳子龍的友人宋征輿感情密好，後因事決裂，又與陳子龍相愛，後因家庭的干預，二人被迫分手。這段感情對陳子龍影響很大，他有許多詩詞都與這段豔情有關。

崇禎十年（一六三七年），陳子龍中進士。不久因繼母去世，回鄉守孝三年。三年中，他從事各種學術研究，曾和友人徐孚遠、宋征璧合編了《皇明經世文編》五百零八卷，匯集了明人有關政治、經濟問題的論述、奏議等。他還將徐光啟的《農政全書》遺稿編訂出版。崇禎十四年，陳子龍出任浙江紹興府推官，即司法官。赴任之初，杭州有位專管鹽務的崔太監，權勢很大，別的官員為巴結他都紛紛前去拜見，給他獻禮、下跪，只有陳子龍從來不去，別人勸他去一下，但陳子龍說：「要是去給內監屈膝，那倒不如回家去好，多少還有些活路。」他始終不肯去。幸虧崔太監不久便離開了杭州，陳子龍才安安穩穩做了四年推官。四年中他為當地百姓辦了不少實事。有一年正月，天寒大雪，他見路上成百上千的飢民肩執米袋、手執長刀，準備去搶劫大戶，急忙進行勸阻，並徒步雪中請求縣中富戶發粟救亡。他又主持了附近各縣的救災，創辦了病坊和育嬰堂。這次救災用了七萬五千石米，活人十餘萬。病坊救活了一千餘人，育嬰堂救活棄嬰三百多人。通過這件事顯示出陳子龍關心民生疾苦的一面。作為一個地方官吏，陳子龍是位勤政愛民、以天下為己任的志士。

陳子龍因平亂有功被升為兵科給事中，還未赴任，北京便淪陷了。等南明建立後，他應召赴南京任職，開始了他抗清鬥士的生涯。在弘光政權，他任職不過五十天，卻上了三十多個奏章，總結明朝治亂得失，提出南明的防戰策略，都是因時論事，因而被人嫉恨，遭到排擠，只得請假還鄉。弘光朝滅亡後，江南各郡紛紛起義兵抗清。當時松江人民也組織了義軍，陳子龍懸掛起太祖遺像，大家跪於像前立誓抗清，陳子龍任監軍之職。松江失陷後，夏允彝為保名節，自投深淵而死。陳子龍由於九十高齡的祖母無人奉養，不忍棄置不顧。他五歲喪母，全靠祖母愛撫恩養，父親臨終時也一再囑咐他要贍養祖母。於是陳子龍出家為僧，改名信衷，字瓢粟，又號潁川明逸。次年，祖母去世後，陳子龍便一心一意地從事抗清活動了。吳易在太湖組織兵力抗清，陳子龍也參加了，但不久吳易兵敗被殺，陳子龍設法逃脫。後來降清的遼將吳勝兆想反正，派人與陳子龍通消息。但吳勝兆因組織不密事敗，清軍認為這次兵變的主謀是陳子龍，而且還認定他是江南抗清的首領人物，因為魯王曾封他為七省都督。他們認為只要抓住了陳子龍，便把江南抗清志士一網打盡了。於是便以謀反罪通緝陳子龍，陳子龍在嘉興被俘。在押解途中，他不願受辱，掙脫繩索，從船上投水身亡。死後，清兵還將他的頭顱割下，懸掛在船頭的虎頭牌上。

陳子龍的相貌十分奇特，他的兩隻眼珠一直是向上看。按明代流行的相法，這是一種不吉之相。明景泰時期的吏部尚書王文就是這樣，當時有名的相法家袁天綱的兒子就說這是望刀相，後來英宗復辟，王文和于謙都被斬殺。陳子龍死後也被砍頭。這對於個體生命來說確實不吉，但他為抗清而死，其民族氣節、道德操守卻比那些投降賣國而富貴長壽者高出千萬倍。因而被後人交口稱讚，連清朝後來也賜給他「忠裕」的稱號。

陳子龍不僅是抗清鬥士，又是明末著名的詩人、詞人。他的詩歌創作分為明、清兩個時期。在明朝，他是復社的主將，幾社的領袖。作為文學團體，復社和幾社都提倡復古，陳子龍更是這樣，他推崇前後七子的復古主張，詩歌創作模仿漢魏六朝和盛唐。為維護七子，他甚至不能容忍艾南英對他們的譴責，以至於動手相打。他青少年時的詩集名為《白雲草》，大多是模仿、擬古之作，如〈擬古詩十九首〉、〈擬公燕詩八首〉等，作品脫離現實，形式主義嚴重。中進士後，他逐漸關心國事，任地方官後又親察民生疾苦，加上社會的動盪，時代的變遷，陳子龍的詩歌創作也發生了很大變化。內容多關注現實，有的反映人民的苦難，如〈小車行〉、〈賣兒行〉、〈流民〉，描寫了人民啃樹皮食草根、賣兒鬻女、到處流亡的悲慘生活。有些作品深切抒發對明清戰事的關心，如〈遼事雜詩〉八首、〈晚秋雜興〉八首。國事的衰敗激發了詩人積極用世的願望，如〈錢塘東望有感〉說：「禹陵風雨識王會，越國山川出霸才。」〈於忠肅祠〉中也發出「手持大計靖胡天」的自我期許。這類詩歌與他入清後的詩歌在精神風格上是一脈相承的，顯示出遒勁的風格。

入清後，陳子龍只經歷了四年的鬥爭生活便壯烈犧牲了。民族的災難和自身的抗爭，使他的詩歌創作又有了新的飛躍。短短四年，他留下將近一百首詩，主要收於《焚餘草》，這部分詩作代表了陳子龍詩歌的最高成就。這些作品淋漓盡致地抒發了強烈的亡國之痛和故國之思。

袁於令以《西樓記》得名

袁於令（一五九二—一六七四年），原名晉，字韞玉，又字令昭，號鳧公、籜庵，又號幔亭仙史、白賓、吉衣主人等，江蘇吳縣人，明末清初的著名戲曲家。其書齋名叫「劍嘯閣」，故作品常以「劍嘯閣」題署。

袁於令出生於吳郡仕宦之家，祖父官至陝西按察史，父親曾任肇慶同知。身為貴介公子的袁於令，早年「藉父祖之清華，恣遊遨」，時常出入花街柳巷，迷戀妓女，並因此而被開除生員學籍。清兵南下時，他曾受蘇州士紳之託，作降表投誠，授職督管山東臨清磚廠，後升任荊州知府。袁於令做官後，仍放浪形骸，不拘小節，「風流才調，以詞曲擅名」。據尤侗的《艮齋雜說》記載：有一天，袁於令去拜謁某道臺，道臺突然問道：「聞貴府有三聲，謂圍棋聲、鬥牌聲、唱曲聲也。」袁於令徐徐答道：「下官聞公亦有三聲。」道臺追問是哪三聲，袁答曰：「算盤聲、天平聲、板子聲」，諷道臺貪酷。

袁於令曾受業於明代戲曲名家葉憲祖，為「吳江派」的詞家巨手，「花晨月夕，徵歌按拍，即令伶人習之，刻日呈技」。（黃宗羲〈葉公改葬墓志銘〉）陳去病的《五石脂》曾記有袁於令的一段軼聞，說袁於令的《瑞玉記》剛脫稿，就被伶人搶去演出，開場之前，伶人發現劇中李實登場時缺少引子，必須補足。「時群公畢集，而袁尚未至」，於是各紳士皆擬一調，等候袁於令裁決。俄而袁至，聞其故，笑曰：「幾忘之」。即揮筆寫出〈卜算子〉：「局勢趨東廠，人面翻新樣。織造平添一段忙，待織就瀰天網。」群公見此，無不嘆服，「遂各毀所作」。由此可見袁於令具有出眾的寫劇天才。

袁於令所作傳奇九種，合稱《劍嘯閣傳奇》。今存《西樓記》、《金鎖記》、《鷫鸘裘》、《長生樂》等四種，尤以《西樓記》最負盛名。

《西樓記》又名《西樓夢》，是袁於令的得意之作，據說該劇隱寓了作者的身世自況。《西樓記》共四十出，寫江南才子于鵑與名妓穆素徽之間悲歡離合的生死之戀。于鵑，字叔夜，御史于魯之子，鄉試解元。于鵑年過二十，未曾婚娶，自負才名，必欲求天下佳麗，認為「婚姻乃百年大事，若得傾國之姿，永愜宜家之願。天那，你便減我功名壽算，也謝你不盡了」，並撰寫〈楚江情〉詞曲以抒懷抱。郡中西樓名妓穆素徽，色藝兼全，妙於歌舞，芳名遠播，王孫公子爭相納幣識荊。一日，穆素徽閒坐西樓，翻閱于鵑所作的《錦帆樂府》，見〈楚江情〉詞曲，傾心嘆服，賞為天下奇才情種，以為終身可託。從此，盡洗脂粉鉛華，閉門謝客，清慎自守。相國公子池同，聞花魁之名，十分傾慕，三番五次派人邀請素徽陪酒玩賞，均遭拒絕，穆說：「兒曹，任他白璧黃金，一點芳心難討。」由此，遭到池同和于鵑友人趙伯將的嫉恨。一天，于鵑閒遊到妓女劉楚楚家聽歌，楚楚請于鵑修改趙伯將的曲譜，以便於演唱。復見桌上有一幅〈楚江情〉花箋，筆致秀美，一問，知是穆素徽出於愛慕之情所書寫。便去西樓訪穆，素徽聽說于鵑來訪，抱病出見，歌〈楚江情〉為媒，山盟海誓，訂下百年之好。

趙伯將知道于鵑改了他的曲譜，懷恨在心。到于鵑的父親于魯面前進讒言，于魯覺得兒子迷戀煙花，荒廢了學業，便派趙伯將率領家丁將西樓打砸一通，把穆素徽一家逐往杭州。臨行前一日，素徽寫信約于鵑到錦帆涇相會，「永決終身之事」，還截取秀髮一束裝入信中，派周旺當面交給于鵑。但封信時，池同來到，忙亂中誤封了一張空紙。于鵑見到素紙和斷髮，百思不解素徽何意，失去了話別的機會。鴇母明說去杭州投靠親戚，暗中卻將素徽以五百兩的身價賣給池同做妾。素徽抵死不從，受盡折磨。于鵑自素徽離去後，憂思成疾。

不久，于魯升為順天府尹、山東巡撫，于鵑隨父到山東，病勢更加深重，以至昏迷不省。醫人包必濟見施藥無效，急忙抽身南歸，傳言「于鵑已死」。素徽一聽，悲痛欲絕，想自縊殉情，卻被丫環救起。于鵑的朋友李節進京趕考，于鵑也迫於父命赴京應試，二人在客店相逢，將誤傳素徽已死的消息告訴了于鵑，在場的俠士胥表對于鵑、素徽的遭遇十分同情，決心南下尋仇，以報不平。胥表來到杭州混真寺，才知道素徽沒有死，還正在為追薦于鵑亡靈大做水陸道場。胥表用計使愛妾輕鴻扮成孝婦，糾結武士打入道場，滅了燈火，亂中搶走了穆素徽，而輕鴻卻在池同家人的追捕下投水自盡了。胥表搶到素徽，迅速護送進京，以便讓于鵑和素徽成親。

卻說于鵑聞聽素徽死去，痛哭不已，匆匆交卷之後，即刻南下，要到杭州尋找素徽屍骸，葬身素徽墓側。到了吳郡，從劉楚楚那裡知道素徽未死，卻又被人搶走了。於是，匆匆北上殿試，與南下尋他的胥表在途中相遇，說明就裡後胥表又將他的千里馬借給于鵑，方不誤殿試。榜發，于鵑中了狀元，李節中了探花。由李節做媒，說服于魯，于鵑和穆素徽這一對有情人終成了眷屬。最後，胥表在一家酒店裡遇到池同和趙伯將，池、趙二人對于鵑既中狀元又獲稱心佳麗十分懷恨，欲買通胥表去刺殺于鵑。胥表卻將池、趙二人誆到郊外殺死，而自己逃走無跡了。

《西樓記》成功地塑造了于鵑這一癡情男子的形象。于鵑雖出身官門，卻鄙視門閥觀念，輕功名、重愛情，而且富貴不易其志。他一旦愛上了青樓女子穆素徽，便不顧一切地去大膽追求，他說：「不得素徽，縱做南面王，也只是不快。」聽說素徽已死，便無心進取，發出了「姻緣已斷，富貴安足論」的感慨，並決心以死殉情。劇作還熱情讚揚了穆素徽身為下賤卻不畏權貴、誓死捍衛愛情的可貴精神；讚揚了胥表、輕鴻捨己救人、不求報償的俠義行為。同時，劇作對池同、趙伯將等奸佞小人的醜惡嘴臉也作了有力的揭露。

《西樓記》在藝術上突出的特點是結構謹嚴，情節曲折多變，心理描寫細膩逼真。而且關目新奇巧妙，照應得當，遠遠超出了一般才子佳人戲的俗套，具有引人入勝的藝術效果。所以，祁彪佳《遠山堂曲品》說該劇「寫情之至，亦極情之變，若出之無意，實亦有意所不能到。傳青樓者多矣，自《西樓》一出，而《繡襦》、《霞箋》皆拜下風。令昭以此噪名海內，有以也」。

《西樓記》是袁於令久負盛名的得意之作。陳繼儒在〈題西樓記〉中說：「近出《西樓記》，凡上襄名流、冶兒游女，以至京都戚里、旗亭郵驛之間，往往抄寫傳誦，演唱殆遍。」入清以後，《西樓記》仍傳唱不衰。據《秋雨庵隨筆》記載，說「袁籜庵於令，以《西樓記》得名」。一日，袁於令出外飲宴坐轎而歸，路過一大戶人家。其家正在月光下宴客，演〈霸王夜宴〉。轎夫見後埋怨道：「如此良宵風月，何不唱『繡戶傳嬌語』，卻演〈千金記〉耶？」袁於令聞言狂喜欲絕，幾乎墜落轎下。「繡戶傳嬌語」出自《西樓記》的〈錯夢〉一出，由此可見該劇的巨大影響。至今，《西樓記》中的〈樓會〉、〈拆書〉、〈玩箋〉、〈錯夢〉等出還在戲曲舞台上常常上演。

《燕子箋》巧設姻緣

明末無行文人阮大鋮是中國戲曲史上無法避開的劇作家。他是緊接湯顯祖之後晚明劇壇的代表作家，他的每一本戲的問世，馬上就會產生轟動。其現存的《燕子箋》、《春燈謎》、《牟尼合》、《雙金榜》合稱為《石巢四種》，在當時和後代都有較大影響。

阮大鋮（一五八七—一六四八年），字集之，號圓海，又號石巢、百子山樵，安徽懷寧人。他的祖父阮自華是萬歷二十六年進士，「為人跌宕疏放」，在做官期間常常不理公事，和詩朋酒友分簡賦詩、觀戲作曲。這樣的家庭環境對阮大鋮後來的詩歌創作必然會產生影響。他「少有才譽」，萬曆四十四年（一六一六年）中進士，授行人之職。阮大鋮以清流自命，受到當時朝中重臣，同鄉左光斗的器重。但阮大鋮為人氣量褊狹，急功好利。天啟四年（一六二四年），吏科都給事中缺官，左光斗想推薦他，急忙召阮大鋮入京。但趙南星等人認為他輕躁不可任用，而想任用魏大中，使阮大鋮補工科都給事中。阮大鋮於是對東林黨產生怨恨，他便「走捷徑，叛東林」，依靠中官的力量迫使吏部任命他為給事中，並投靠魏忠賢，與楊維垣、倪文煥結為死黨，編造了〈百官圖〉，進獻魏忠賢。但是他又害怕東林黨人攻擊自己，任職不到一個月又提出辭職請求，急急忙忙回了家鄉。這樣魏大中又掌吏科都給事中，阮大鋮對此非常憤恨。而這時期魏忠賢的勢力已漸占上風，阮大鋮私下對親近的人說：「我還能夠好端端地回家，不知道左光鬥他們將有什麼結局。」後來楊漣、左光斗等被魏忠賢等害死，他又得意洋洋對人誇自己有遠見。不久阮大鋮被召回為太常少卿。進京後，他非常恭謹地侍奉魏忠賢，但又暗中考慮到魏黨終究靠不住。每次進謁魏忠賢，都要送厚禮賄賂守門人，取回名帖。做了幾個月的官，又辭職回家了。魏忠賢自殺死後，阮大鋮又封了兩份奏疏讓人快馬馳送楊維垣，一份專門彈劾崔呈秀和魏忠賢，一份則將他們與王安及東林黨人一起彈劾，要他看準朝廷風向，依據時機選用其中一篇。由於阮大鋮在政局將發生巨大變化的時刻，進行政治投機，上了七年合算疏，使東林黨對他痛恨切齒。儘管他機關算盡，但還是沒能逃脫歷史的懲罰。崇禎二年（一六二九年）魏大中之子上血疏，認為阮大鋮是害死他父親的罪魁禍首，於是阮大鋮被朝廷列為逆案，罷斥為民十七年。

阮大鋮罷官家居不甘寂寞，力圖起用。崇禎六年開始他僑居南京，招納游俠，談兵說劍，「希以邊才起用」，為結交權貴，他又「置女樂治具」。阮大鋮的行為激起了東南復社文人的痛恨，崇禎十一年八月，復社一百四十多人公討阮大鋮，作〈留都防亂揭〉，驅逐阮大鋮，於是他「潛跡南門之中首山不敢入城」，「閉門謝客」。馬士英與阮大鋮本來是「狎邪之交」，這時也遭遣流寓南京。兩人同病相憐，終日往返，互相慰勞。崇禎十四年，周延儒由於東林黨人的活動而出任內閣首輔，阮大鋮與他私交甚厚，但周延儒這次出山是依靠東林黨的力量，他不能起用阮大鋮，阮大鋮向他推薦馬士英，於是馬士英被提拔為廬鳳總督。明朝滅亡後，弘光帝在南京即位，馬士英由於擁戴有功，做了大學士，他起用阮大鋮為兵部尚書。他們狼狽為奸，對內排斥，打擊史可法為代表的主戰派，大肆鎮壓搜捕東林復社文人，對外投降賣國。當清兵南下占領南京後，阮大鋮逃奔浙東，又投降清兵。後來他隨清兵登仙霞嶺，為了表示他身強無病，是鐵錚錚漢子，他騎馬挽弓，拼命奔馳。大軍到仙霞嶺最高處，看到阮大鋮的坐騎抛在路口，他身子坐在大石頭上一動不動，喊也沒有動靜，馬上的人用鞭子扯扯他的辮子，還不動，一看，阮大鋮已死了。

然而，就是這位卑劣的人物，卻是頗負盛名的詩人、戲曲家。阮大鋮是一位「多才」的詩人，章太炎十分推崇他的五言古詩，認為明代詩人「如大鋮者鮮矣」。當然，最負盛名的還是他的戲曲創作。阮大鋮的戲曲創作，明末曾盛傳一時。他家自蓄優伶，往往自編自導。並曾利用其家伶聲伎籠絡侯方域等人，復社文人對阮大鋮其人雖深惡痛絕，但對其家伶歌唱藝術卻異口同聲地稱讚。客居南京時，是他戲曲創作的黃金時期，許多著名文人都和他有交往，並對他名列魏黨而遭廢斥之事寄以同情。阮大鋮罷官時期的大量時間是在與友人交遊唱和中度過的。馮夢龍、張岱是他的好朋友，王思任、文震亨等也與他交往甚密，為他的許多戲曲作品作序，對他的戲曲活動給予了很高的評價。這對於阮大鋮戲曲作品的流傳十分有利。

《石巢四種》以《燕子箋》最著盛名。這個劇本共四十二出，演述唐朝扶風郡秀才霍都梁與曲江妓女華行雲、宦家女子酈飛雲曲折離奇的婚姻故事。因為燕子銜箋為其關鍵情節，故名《燕子箋》。劇情大致如下：扶風茂陵人霍都梁曾應試長安，並與曲江妓女華行雲有情。後應同鄉鮮于佶之約，又到長安應試，於是住在華行雲家。華行雲久欲從良，又愛都梁才貌，兩相歡洽，誓永為夫婦。霍都梁作了一幅〈春鶯撲蝶圖〉，送與裱匠裝裱。當時，禮部酈安道收到同年賈仲南所贈吳道子親筆觀音圖一幅，女兒飛雲懇求由她供奉此圖，並送到裱匠家中裝裱。取畫時，裱匠之妻將兩幅畫互相錯發。酈飛雲拿到畫後見畫中女子與自己非常相像，身旁又有一俊俏書生相傍，便用小箋題〈醉桃源〉一詞抒寫心中的喜愛。忽然飛來一隻燕子將箋銜去。霍都梁正在曲江堤上散步，這隻燕子飛到他的頭頂盤旋，落下紅箋。霍都梁拾箋後知道是一女子所作，〈撲蝶圖〉被這個女子收藏了，忙回去告訴華行雲，行雲勸他等考試後再去尋訪。

酈飛雲自看到〈撲蝶圖〉後，不禁胡思亂想，害起病來。母親請來了一個女醫孟媽為她診病。侍女將飛雲害病經過告訴了孟媽，孟媽從圖上知道作畫者是霍都梁。

朝廷開試，酈安道為主考。鮮于佶胸無點墨，知道自己必不能中，於是買通中堂編號官，將霍都梁的試卷和自己互換。霍都梁考完後十分滿意，回到華家後又將場中文章謄寫一遍，因為勞累，身體不適，行雲請孟媽為他看病。孟媽一見霍都梁，立刻認出他就是〈撲蝶圖〉上的書生。霍都梁知道圖在酈飛雲手中，於是拿了拾到的題箋，取金釵為酬金，託孟媽索回圖畫，交換觀音圖。鮮于佶正好聽到這一番話，他怕放榜後自己的行為敗露，於是便利用要畫一事誣陷他敗壞酈老爺門風，當局要緝捕霍都梁。都梁顧不得功名，慌忙離京而去。

這時，安祿山的叛兵攻破潼關，長安震動。酈安道護駕出都，朝廷暫緩發榜。叛兵攻入長安，百姓紛紛逃亡。酈飛雲在逃難中與母親失散，恰與孟媽相遇，被天雄軍節度使賈仲南收為養女。霍都梁出京後逃往同鄉衍陽縣令秦若水處。賈仲南路過此地，要覓一記室，秦若水舉薦了他。霍都梁心有餘悸，化名為卞無忌。賈仲南依霍都梁之計使安祿山父子內亂，因功升為樞密使，霍都梁被授為翰林軍尉。由賈仲南做媒，霍都梁與酈飛雲成婚。孟媽認出卞無忌便是霍都梁。

安史之亂平定後，酈安道也回到長安，酈母在逃難中失去女兒，恰巧遇到華行雲，將其收為養女。朝廷安定後發榜，鮮于佶中了狀元，到酈安道家拜謝座師。華行雲從旁認出鮮于佶，向酈安道檢舉他是一個胸無點墨的無賴，酈安道說鮮于佶文章做得好，華行雲出示了當時霍都梁的文稿，證明鮮于佶剽竊他人文章。酈安道心中懷疑，於是次日召鮮于佶來私下再試，鮮于佶無力完成，只得倉皇逃走。酈安道上表引咎自責，皇帝令他安心供職，並將鮮于佶交有司究治，於是霍都梁被追補為狀元，授官弘文館學士，兼河隴節度使。賈仲南送酈飛雲夫婦回京，酈安道知道女婿就是霍都梁，十分驚喜。飛雲、行雲二人爭奪狀元夫人的封誥，最後行雲被封為狀元夫人，飛雲封為節度使夫人。

《燕子箋》中幾個人物形象非常生動鮮明。特別是霍都梁，始終忠於身為「上廳行首」的華行雲，雖與飛雲成婚，卻堅持二雲不分大小，沒有門第貴賤之分。華行雲也愛憎分明、正義凜然，可謂平康巷中的一個耿介女子。此外，此劇結構嚴密緊湊，文詞典雅清麗。前人對此劇評價很高，認為它「靈妙無匹」，「可追步元人」。它一經問世，當時的秦淮歌伎爭相競演，宮廷及貴宦之家也是演奏幾無虛日。直到清朝，此劇還盛演不衰，乾隆年間徐溥的詩便反映了它的演出盛況：「梨園東部夜相邀，活現風情未易描。留得懷寧餘曲在，《春燈》、《燕子》譜笙簫。」

《燕子箋》從燕子銜箋為媒巧設姻緣，情節曲折。而另一名著《春燈謎》比它更為離奇詭異，寫韋影娘女扮男裝元宵節觀燈，宇文彥也去觀燈，二人同猜燈謎相識，互相唱和。夜歸時韋影娘誤入宇文彥家舟中，被宇文彥之母認為義女。宇文彥誤入韋家舟中，因懷中有影娘詩箋，被指為賊入獄。宇文彥之兄審理此案，但兄弟二人都改了名，因而沒有認出。但其兄憐其冤而釋之。宇文彥後來進京中狀元，宇文家以義妹影娘妻之，洞房之夜，誤會俱消。此劇以「錯認」為題眼而展開情節。其他兩種劇作《牟尼合》、《雙金榜》也大致有此特點。阮大鋮的劇作特別善於運用此類誤會巧合，情節離奇，富於戲劇性。又因為他精通音律和舞台藝術，所以這些劇作特別適宜演出。所以，儘管阮大鋮人品卑劣，但對其劇作人們並未「因人廢言」，而是給予了很高的評價。

慷慨悲歌《南冠草》

江蘇松江府的華亭縣，是一個山清水秀、人傑地靈的地方。一六三一年，夏完淳就出生在這片充滿靈氣的吳越土地上。他的原名為復，乳名端哥，字存古，號小隱，別號為玉樊、靈胥。他的父親、伯父、嫡母、生母都很有才學，而且品行端正，這使他從小就接受了很好的家庭教育。

夏完淳的父親夏允彝是一位江南名士，而且是繼承了明末東林黨流風餘韻的「幾社」領袖。夏允彝很重視對兒子的教育，常常把小完淳帶在身邊，以氣節來激勵完淳。正所謂：「蓬生麻中，不扶自直」，再加上他天資聰慧過人，這便使他很小就嶄露頭角。他五歲已通讀《詩》、《書》、《禮》、《易》、《春秋》，七八歲便能吟詩撰文，談論古人得失。他的老師陳子龍對他大加讚賞。八歲時，他在北京見到了一代名士錢謙益，錢很驚異於小完淳的智慧，給他定言：「若令酬聖主，便可壓群公。」九歲時，他寫了一本《代乳集》。夏完淳很關心時事，和同輩們談論邊關大事，常有自己獨到的看法。

少年夏完淳眉清目秀、風流倜儻、才華過人，是一個文采宏逸的詩人。在明末北方的血腥還沒有蔓延到江南的時候，他作過不少說愁道恨、言情寫夢的詩詞，其中多模仿六朝以前的作品，所以內容很單薄。可以看出，他的創作明顯受到了復古主義的影響。他也曾和同輩一同進出歌舞場，像「盈盈守空房」、「徘徊輕霞裳」等溫情脈脈的句子常流筆端。

然而，隨著一六四四年的到來，先是崇禎皇帝自縊於煤山，接著是吳三桂勾引清軍入關。一場大悲劇開始在中國這個舞台上上演了。清兵鐵蹄過處，天昏地暗、生靈塗炭，死神的翅膀籠罩了華夏大地，遼闊的土地上到處血跡斑斑。

清順治二年（一六四五年）八月，夏允彝和陳子龍以及幾社的盟友們在南京的明朝福王政權崩潰後，決定在松江起兵抗清復明。他們慷慨悲歌，將民眾雲集到抗清的大旗之下。當時，年僅十四歲的夏完淳也熱情地加入了這個反清復明的大軍之中，並且在環境的啟示和逼迫下，他迅速地成長為一名出色的年輕鬥士。他和父親、陳子龍等人一起共商抗清大計，他們計劃著趁清兵初入江南、立足未穩之機，以明朝鎮守吳淞的威虜伯吳志葵水軍為主力，聯絡各路抗清力量，復興江南。計劃安排好之後，完淳和父親便很快地加入到了吳軍之中。但是由於吳志葵慵懦無能，優柔寡斷，以至於吳軍首戰即告失敗。此戰後，夏允彝留下了一紙遺書，自投松塘而死。這一年，夏完淳十五歲。

國難家仇，使夏完淳變得更加成熟了。他變賣了所有的家產，捐作義師的軍餉。當時在長江以南，特別是蘇杭一帶的水鄉地區，清政府派來的官吏和軍隊多是燒殺搶掠，無惡不作。人民飽受煎熬，忍無可忍，這為江南的起義創造了很好的條件。順治三年（一六四六年）春，夏完淳和老師陳子龍、岳父錢栴等聚集了一批義士，歃血為盟，共謀大義，他們上書在浙江紹興監國的魯王朱以海，呼籲反清復明，魯王遙授夏完淳為中書舍人。這使年輕的夏完淳大受鼓舞，他馬上前往太湖，參加了吳日生率領的太湖水上義軍，擔任了參謀職務，為義軍出謀劃策。此時，義軍鬥志極高，所向披靡，先後光復了吳江、海鹽等幾個城市，清軍為之大驚，馬上調集人馬向義軍反撲過來。後來由於中了敵人的奸計，義軍腹背受敵，幾乎全軍覆沒。夏完淳在吳軍敗退時和義軍失去了聯繫，離開了蘇南地區。此後不久，陳子龍被捕，投水自盡。

夏完淳在外飄零了一段時期。他的著名的〈大哀賦〉大約寫在這個時候。這篇賦對明朝末年的政治局勢做了有力的揭露和批判，對南明福王政權也予以無情的抨擊。雖有模仿庾信〈哀江南賦〉的痕跡，但表達感情深切，具有悲壯淋漓的獨特風格。可以說，這是一篇具有史詩意義的作品。

順治四年（一六四七年），夏完淳回到家鄉，他聯絡江南名士四十餘人聯名上書魯王，表示抗清的決心。不久，由於出了叛徒，表文落到清軍的手裡，江蘇巡撫按名通緝，夏完淳在松江亭被捕。被捕時，他慷慨激昂地表示：「天下豈有畏禍避人的夏存古！」轉身向母親告別說：「我是為國盡忠盡孝，不必顧念我。」夏完淳被押解到南京之後，審訊他的是招撫南方總督軍務大學士洪承疇，也就是在松山戰役中被俘降清的那位。此時，他到南京總督軍務，正非常神氣。審訊開始，並沒有劍拔弩張的氣氛。洪承疇知道自己此時面對的絕非一個等閒的少年，而是一個在江南讀書人中深孚眾望的少年義士，故而不敢掉以輕心，發問時語氣也力求委婉。他說：「你這樣一個天真無邪的少年郎，豈能稱兵叛逆，一定是受人指使，誤入歧途，倘若你能幡然悔悟，歸順了大清，不光叛逆之罪一筆勾銷，而且有享不盡的榮華富貴。」可惜的是洪承疇看錯了對象，年輕的夏完淳非常鄙視投降變節的小人，他假裝不知道審訊他的是什麼人，故意說：「我常聽人講洪承疇先生是我們大明的豪傑，曾以十萬之眾，力敵清兵百萬之師，松山之戰中，先生血染戰袍，英勇就義。先皇痛切地悼念他，天下人都為他的壯舉所感動。我很佩服他的忠烈，我雖然年少，但也想殺身報國……」沒等夏完淳講完，左右的人就忙插話：「座上的就是你仰慕的洪承疇。」夏完淳就又藉機痛罵道：「你是什麼東西？竟敢冒充先烈，假如真是這樣，洪承疇豈不成了一個欺世盜名、十惡不赦的叛徒。」這一段痛罵直把洪承疇罵得那張厚臉也一會兒白，一會兒紫了。

身在獄中的夏完淳，回首往事，毫無遺憾，但是面對著支離破碎的河山、鐵蹄下人民痛苦的呻吟，他怎能安然，感情的潮水洶湧著，終於，他強烈的感情像火山一樣噴發了。這一噴發也便決定了他在中國詩壇上的不朽的地位，他的詩歌以雄壯激烈、奔放縱橫、熱血沸騰的氣派赫然崛起於毫無生氣的晚明詩壇上。《南冠草》便是夏完淳在獄中所作，此作可以說是他獻給人間的文學珍品。如「毅魄歸來日，靈旗空際看」（〈別雲間〉）便是其中傳誦千古的名句。其中的〈細林夜哭〉，是哀悼他的老師和戰友陳子龍的，詩中敘述了他們互相敬愛的戰鬥友誼以及共赴國難的壯烈情景，「公乎！公乎！為我築室傍夜臺，霜寒月苦行當來」，聲淚俱下，感人至深。

但他畢竟又是一個感情豐富細膩的少年詩人，在他即將離開人世之時，鄉園和親情再一次扯動了他的心弦。他思念年邁的老母、溫柔的嬌妻、溫馨的故園。一紙〈遺夫人書〉，字字淚滴，句句柔腸。當執筆寫到生離死別時，詩人不覺悲痛欲絕：「言及此，肝腸寸寸斷。執筆心酸，對紙淚滴；欲書則一字俱無，欲言則萬般難吐……」

對於死，夏完淳則是慷慨從容，他把犧牲看得如同出遊一般。他在〈獄中上母書〉中說：「人生孰無死？貴得死所耳。」其意態之從容、心情之坦然，令人感嘆。

一六四七年九月，在悲旋的秋風中，夏完淳，這位大明忠誠的臣民被綁赴南京西市刑場，他昂首挺立，含笑著邁向了崇高永恆的死亡。那一年，他才十七歲。

十七個春秋很短暫，卻造就了一個不朽的詩人，他給我們留下了《玉樊堂集》、《內史集》、《南冠草》、《續倖存錄》等，而人間風雲竟輕輕把一個十七歲的壯心扼殺了。

他是一個詩人，但更是一個戰士，歷史記住了他——夏完淳。

殉國忠烈，英雄張煌言

一六四五年，清軍大舉南下，明朝政權迅速瓦解。在江南，一大批具有民族氣節的仁人志士，為了挽救民族的危亡，紛紛揭竿興師抗清。張煌言就是一位在抗清鬥爭中以身殉國的愛國詩人。

張煌言（一六二〇－一六六四年），字玄箸，號蒼水，浙江鄞縣（今寧波）人。少年時代曾隨做官的父親在山西、北京等地生活。當時，明朝的國勢已經衰敗不堪，崛起於東北的滿清軍隊侵入長城，橫行於直隸（河北）、山西之間。這就使年幼的張煌言親身體會到在敵人鐵騎蹂躪下的慘痛，認識到亡國的可怕，心中萌發了強烈的愛國思想。

張煌言的父親是一位剛直的正派人物，因看不慣明朝廷的昏庸腐敗，毅然地辭去了官職，回到家鄉課子讀書。張煌言在父親嚴格的督教下，熟讀了經史子集，同時，他自己還堅持練習武藝，希望將來能夠為國殺敵。十六歲那年，張煌言以優異的成績考中了秀才。當時由於國家軍事緊張，因而在秀才考試中除文章外還加試騎射。青年士子在這方面都未經學習，只有張煌言手挽強弓，射箭三發三中，與試者無不驚服。

一六四二年，張煌言考中了舉人，但還沒有來得及去北京參加進士會試，一六四四年李自成領導的農民軍就推翻了明政權，隨後，清兵在漢奸吳三桂的勾結下很快占領了都城北京。作為一個愛國的知識分子，張煌言的心情非常痛苦。於是，他在家鄉結交了一批「椎埋拳勇之徒」，「扛鼎擊劍」，練兵習武，「日夜不息」，以期保家衛國。清兵大舉南下，攻陷了揚州、南京，直逼浙江境地。浙江各地人民自發地組織起來，奮起抵抗。在寧波，明廷舊吏錢肅樂招兵買馬，組建義軍，並邀請張煌言共商抗清大業。張煌言欣然前往，和各路義軍奉擁魯王朱以海為監國，嘔心瀝血地草創了魯王政權。魯王賜張煌言一個「進士」名號，擔任兵科給事中官職，成為了一名年輕的將領，這時張煌言二十六歲。

一六四六年，清兵攻破浙江防線，魯王率眾出逃。張煌言回家拜別父親和妻兒，隨魯王航海流亡舟山。此後，張煌言就輾轉過著軍旅生活，直到被俘殉國，再也沒能與家人相見。張煌言在舟山投靠到大將張名振的帳下，集結部卒和各路義軍，在會稽山的平岡結立山寨，建立了根據地，並用游擊戰不斷地對清軍發動反擊，威名遠震。一六五一年，舟山群島淪陷，張煌言和魯王又逃往福建廈門鄭成功處棲身。寓居廈門的一段時間，張煌言與鄭成功建立了很好的私交關係，得到了鄭成功的幫助。兩年以後，張煌言與張名振率領部隊又打回了浙江，開闢了台州抗清根據地，受到了家鄉人民的熱烈歡迎。張煌言心潮澎湃，當即寫下了這樣的詩句：「南浮北泛幾經春，死別生還總此身。湖海尚容奔鬲客，山川應識報韓人。國從去後占興廢，家近歸時問假真。一寸丹心三尺劍，更無餘物答君親。」立志為國為民而戰鬥到底。

在此以後的幾年中，張煌言率領部隊出入於長江下游一帶，打著反清復明的旗號，組成敢死隊，與清朝軍隊展開了英勇的戰鬥。他從清軍手中奪回了舟山群島，又先後策劃了幾次對長江的襲擊，和鄭成功的部隊聯合作戰光復了江蘇、安徽的「四府、三州、二十四縣」近三十座城池，取得了輝煌的戰績。一六五九年，正當張煌言雄心勃勃地準備攻占南京時，不料鄭成功部隊因輕敵被清軍大敗，損失慘重，被迫撤回了廈門。張煌言孤軍作戰，陷入了清兵的重重包圍之中。張煌言奮力突圍，到銅陵後所率水師皆在夜中走散。張煌言潛逃入安徽桐城附近的大別山之中。

大別山潛逃，這可以說是張煌言一生中最為難忘的一幕。抗清的失敗，使張煌言心中痛苦萬分，但他並沒有從此消沉下去。他抱著光復故國的堅定信念，在崎嶇的深山野林中長途跋涉兩千多里，遍歷了種種磨難，吃盡了千辛萬苦。張煌言進入深山後就迷路了，穿的鞋子是一雙途中拾到的布鞋，尺寸窄小極不稱腳，又被溪水浸透，奔跑了一夜之後，十個足趾都磨出血來，腳後跟也開裂了。一路上為了避開清軍的盤查，東躲西藏，被無知山民把錢財搶劫一空，常常是風餐露宿，忍飢挨餓。半途張煌言患了瘧疾，帶病趕路，人瘦得不成樣子。對這一段艱難的逃亡歷程，張煌言寫有〈北征得失紀略〉（又名〈北征錄〉）一文，作過詳細的記述。一六五九年年底，張煌言在抗清義士的保護和幫助下，終於回到了浙江寧海。在那裡，張煌言重招舊部，又迅速建立起了抗清武裝。

張煌言百折不撓的戰鬥精神，使滿清政府大傷腦筋。滿清對他使盡了一切辦法，以官爵勸誘既不肯投降，以重兵圍困也不能擒獲，因而惱羞成怒，下令抄了張煌言的家，把他的妻子董氏和兒子萬祺逮捕，羈押在鎮江的監獄中。可是，這非但沒有絲毫動搖張煌言的抗清意志，相反地，卻使張煌言胸中復仇的烈火燃燒得愈加熾烈了。他寫下了這樣的詩句，「入海仍精衛，還山尚蒯緱」，自喻為復仇的精衛鳥、蒯緱劍；「猶幸此身仍健在，擬隨斗柄獨回天」，決意與敵人作最後的抗爭。

一六六〇年，張煌言在寧海的小島村臨門集結部隊，和鄭成功取得聯繫，準備聯合對清軍再次發動進攻。可就在這時，荷蘭人占領了台灣，鄭成功忙於收復台灣，無暇對付清軍。清軍趁機攻占了雲南，逃到緬甸的南明桂王被吳三桂俘獲。不久，鄭成功在台灣去世，魯王也死去，張煌言的計劃失敗了。一六六二年，張煌言孤軍困守在臨門小島，他已預感到自己無力回天了，於是就將一生在戰鬥中所作的詩文殘稿進行整理。他一邊整理一邊回憶悲壯的往事，心中萬分淒涼。他把詩和詞輯為三卷，取名《奇零草》。在自序中他感愴地寫道：「余於丙戌始浮海，經今十有七年矣！其間憂國思家，悲窮憫亂，無時無事不足以響動心脾。或提槊北伐，慷慨長歌；或避虜南征，寂寥低唱。即當風雨飄搖，波濤震盪，愈能令孤臣戀主，遊子懷親。豈曰亡國之音，庶幾哀世之意……年來嘆天步之未夷，慮河清之難俟，思借聲詩以代年譜。」把奏疏、書信、檄文等另外輯成一卷，名《冰槎集》，他在《冰槎集引》中說：「而茲集所存，又皆晚節所依。」這些綴合在一起的詩文，淋漓地表現了張煌言忠貞不渝的愛國情操，可以稱得上是一部抗清鬥爭的血淚史，清代學者全祖望就曾說過：「尚書（張煌言）之集，翁洲（舟山）、鷺門（廈門）之史事所徵也。」

完成了這一工作之後，張煌言就遣散部屬，寓居在浙江南田縣的一個荒瘠的小島上。張煌言所住的茅屋中，一壁堆積著他最喜愛的書籍和他自己的詩文稿，一壁靠牆處停放著一口棺木，床頭上懸掛著一口鋒利的寶劍，他已決意以死殉國。一六六四年七月的一個夜晚，張煌言正在熟睡，突然一大群清兵在他的一個叛變的舊部的帶領下闖進屋中，張煌言欲拔劍自刎，未遂，被清兵逮捕。

兩天後，張煌言被滿清官兵押解到寧波——他離別將近二十年的故鄉。寧波人民得知消息，希望最後一次瞻仰這位民族英雄。黃昏的時候，在清兵的押解下，張煌言昂首挺胸地走進城來。他戴著明代文人常戴的方巾，穿著葛布衣服，頭髮束在頂上，神態安詳，泰然自若。這種裝束寧波人民已有近二十年沒有看到了，他們的頭髮早已被滿清政府強行要求剃去而留成了長辮子。今天忽然在這樣的場合，見到這樣一位身著自己的民族裝束的英雄，無不傷心落淚。在寧波獄中，張煌言寫下了〈被執歸故里〉一詩，對河山變色、人事全非的故國故家寄以淒婉的哀思。十幾天後，張煌言被從水路押送往杭州。船過錢塘江時，忽然有一僧人向船艙中投進一塊包著紙的瓦片，張煌言拾起，見紙上寫著幾首詩，其中有兩句「此行莫作黃冠想，靜聽文山正氣歌」，告誡張煌言不要投降。張煌言於是寫下了〈將入武陵〉詩二首以明節操，「生比鴻毛猶負國，死留碧血欲支天；忠貞自是孤臣事，敢望千秋青史傳！」這高亢的歌聲，表現了張煌言寧死不屈的民族氣節。

到了杭州之後，滿清統治者派降官降將三番五次地到獄中勸降，張煌言嚴詞拒絕，為表明自己的態度，他在獄壁上題〈放歌〉一首：「予生則中華兮死則大明，寸丹為重兮七尺為輕……予之浩氣兮化為風霆，餘之精魂兮化為日星，尚足留綱常於萬載兮，垂節義於千齡！」於是終日面南高坐，有說客來訪但拱手而不起。

一六六四年九月初七，張煌言清早起來，伏在案頭上繕寫他昨晚用岳飛〈滿江紅〉韻填的兩首詞，這時獄卒走來叫他上轎，他知道以身殉國的時候到了，於是放下手中的筆，站起身來，束好頭髮，戴正方巾，從容地上轎來到刑場。面對劊子手明晃晃的大刀，張煌言高傲地遙望鳳凰山一帶山色，連呼：「大好河山，竟使沾染腥羶！」口占絕命辭一首：「我年適五九，復逢九月七，大廈已不支，成仁萬事畢。」然後端坐地上就義，時年四十五歲。他臨死前寫的詩被後人收集起來刊印，題名《采薇吟》。他死後，屍骨被棄荒郊，無人敢為收殮。故交黃宗羲、紀五昌、萬斯大等出資收拾棄骨，葬在杭州西湖湖濱岳飛和于謙二墓之間的南屏山荔子峰下。當時張煌言的墳墓僅黃土一坯，連碑碣也沒有豎立。但在他的墓前時常有「包麥飯而祭者」；「寒食酒漿，春風紙蝶，歲時澆奠不絕；而部曲過其墓者，猶聞野哭云」。一百年以後，清高宗皇帝追贈張煌言諡號「忠烈」。

張煌言以身殉國的民族氣節，在中國歷史上寫下了悲壯的一頁，而他的慷慨激昂的愛國詩篇，也奏響了中國文學的最強音。

名將、烈士、文人：史可法

揚州的梅花嶺下，有一座著名的「衣冠塚」。這是明末抗清民族英雄史可法的墓陵，裡面埋的是他就義前穿戴的衣冠。史可法的屍骨，被清兵肢解，已經無法尋到，而他慷慨英勇的抗清壯舉和寧死不屈的高風亮節，在中華民族歷史上留下了光輝的一頁。

史可法（一六〇一－一六四五年），字憲之，號道鄰，出生在河南祥符縣（今開封）一戶中產家庭。祖父史應元舉人出身，曾做過知州，是當地聞名的清官。少年時代的史可法受祖父影響很深，他讀書刻苦、博通經史，寫得一手好文章，又喜好練拳習武，體魄健壯，有一身好武藝。

十九歲時，史可法到順天府（北京）參加考試，在一所古廟中居住借讀。一日讀書疲倦，伏案而睡。這時，恰巧當時順天府學政、東林黨的重要領袖左光斗路過，信手拿起他寫的文章觀看，極為賞識。待府試開考，左光鬥為主考官，史可法呈上考卷，他當場批為第一名。從此，史可法便成為了左光斗的得意門生。史可法住進左府，繼續攻讀，得到了左光斗在生活和學業上無微不至的關懷。師生關係融洽，情如父子。一次史可法偷偷地穿起左光斗的冠帶袍笏，不巧被左光斗撞見，史可法很不好意思，左光斗卻真誠地鼓勵道：「你是做國家棟梁的材料，穿這套衣服只怕辱沒了你。」左光斗當時是比較正直清廉的官，相處之間，經常談論國家興亡之事，憂國憂民，對史可法的成長和愛國思想的形成影響很大。後左光斗罹閹黨之禍，被陷下獄，慘遭酷刑，生命垂危。親朋好友都懼怕魏忠賢權勢，無一敢前去探監。史可法冒著殺頭的危險，化裝成左家的家僕進入獄中看望恩師。左光斗在獄中不畏強暴、不怕死亡的鬥爭精神，深深激勵著史可法，他說：「吾師的肺肝是鐵石鑄成的。」史可法在以後的人生道路上，時時處處都以老師為榜樣，同樣鑄造了一副為國為民敢於赴湯蹈火的鐵石胸膛。

明崇禎元年（一六二八年），史可法考中進士，從此步入宦途。他先任西安府推官之職，由於他為官清正，辦事幹練，賑荒恤民，因而「能聲大著」，於崇禎五年，被提拔為戶部主事，經管太倉國庫和東北軍費。這本是一個肥差，但史可法卻一塵不染，生活上一直保持著「終歲一衣，蔬食自足」的儉樸作風。當時朱明朝廷已經腐敗不堪，農民起義的烽火四起。史可法主張改革政治，減輕賦役，反對貪官汙吏，實行清廉政治。很快又被提升為右僉都御使，率領部隊和李自成的農民起義軍作戰，積累了大量的軍事經驗。

崇禎十一年（一六三八年）冬，清軍入關，大舉攻明。叛將吳三桂勾結清兵擊敗了李自成起義軍，占領了北京。此時，明朝在南京的中央官吏們成立了南明政權，史可法被任命為兵部尚書，參與軍機，成為了支撐岌岌可危的明王朝的一根棟梁支柱。然而，南明小朝廷昏庸無能，朝中大權為馬士英、阮大鋮一夥奸臣把握，耿直的史可法被排擠出南京內閣。一六四四年，史可法奉命前往淮、揚前線督師抵抗清兵的進攻。

這時明朝的軍隊，在清兵強大的攻勢下，屢戰屢敗，已經是一群士氣低沉的殘兵敗將，並且江北前線的主要抵抗兵力「江北四鎮」之間矛盾重重，為了爭奪地盤而自相殘殺。史可法面對這副爛攤子，沒有退卻，而是以嚴謹的作風和堅強的毅力苦心經營，力圖挽回敗勢。

史可法治軍，紀律嚴明，廉信果敢，因此很有威望。據史載，史可法身材短小精悍，面目黧黑，但雙目爍爍有光，英氣逼人，軍中無人敢不聽令。到了江北之後，史可法首先威懾住了靖南侯黃得功、東平伯劉澤清和廣昌伯劉良佐三鎮兵馬，使他們聽從調遣。最後找到興平伯高傑。這個高傑原是李自成手下的一員大將，性情暴烈，專橫跋扈，因與李自成妻邢氏私通事發，畏罪投降明朝。這時他率領部隊不是抵抗清兵，而是去爭占揚州城。史可法冒險來到高傑營中，據理力爭，談了形勢的嚴重性，並要他顧全大局，指出如違抗命令會造成嚴重錯誤。高傑暴跳如雷，竟將史可法軟禁達月餘之久。史可法毫不退讓，利用機會接觸高營兵將，曉之以理，高營上下齊聲讚揚史可法是忠臣良將。高傑攝於史可法的威望，終於接受了規勸，合力抗清。

一六四五年，清兵大舉南下，直逼江北重鎮、南京的門戶——揚州城。史可法冒雨來到揚州，組織兵力死守。但由於各路部將再次內訌，致使城內兵力空虛。史可法以「血書寸紙」急報南京請求援兵，朝廷不應，很快，清軍就包圍了揚州城。清軍統帥多鐸派人持書勸降，史可法大怒，下令將招降者扔進護城河中。這時史可法已知揚州城早晚必破，他已決意以死報國，便於城樓之上寫了上奏朝廷的奏表，又寫了五封遺書，一上母親，一留夫人，一致親屬，一給義子德威，一交清軍統帥多鐸。多鐸又五次派人持書招降，史可法一概不予拆封，全部投入火中。

一六四五年四月二十五日，是歷史名城揚州永遠值得紀念的一天。這一天天一亮，清軍便在荷蘭造紅衣大砲的掩護下，向揚州城發起猛攻。揚州城牆一處處倒塌，守城將士一片片倒下。史可法冒著炮火，率領軍民死守城頭，寸步不讓，與清軍展開了一場肉搏廝殺。但畢竟勢單力薄，揚州城頃刻之間就被攻破。史可法見大勢已去，不願落入敵人手中，拔刀自刎，未遂。部將擁他下城突圍時，與清兵相遇。這時史可法挺身而出，凜然高呼：「我督師史閣部也！」被清兵逮捕。

清軍統帥多鐸欲勸服史可法歸降，史可法嚴詞拒絕，答道：「我是大明臣子，豈肯苟且偷生！」並要求多鐸殺掉自己，不要再殺戮揚州的百萬生靈。多鐸兇相畢露，舉起佩刀向史可法砍來。史可法迎著刀鋒，面不改色，巋然不動。多鐸被驚得倒退數步，慨嘆道：「好男子！」最後，史可法被清軍「屍裂而死」，英勇就義，時年四十四歲。過後，他的養子史德威來尋找史可法的遺體，由於清軍屠城十日「屍積如山」，加上天氣炎熱，「眾屍蒸變難識」。次年清明節，史德威便將史可法生前所用過的「衣冠袍笏」，葬於揚州城外的梅花嶺，並立碑封土，這就是有名的史可法衣冠塚。史可法鞠躬盡瘁的愛國精神和寧死不屈的民族氣節，鼓舞了江南人民的抗清鬥爭。他死後，蘇皖一帶仍有人假借史可法的名義號召人民繼續抗清。清朝統治者見史可法在人民中間影響巨大，為了緩和矛盾，便在揚州他的衣冠塚前建祠立碑，追謚為「忠正公」。

史可法是南明大吏中抗清而死的第一人，他的孤忠亮節，史志多有記載。他的後人為了追憶他，把他一生所著文章輯為《史忠正公集》傳世。史可法本是以科第起家，一生為官，公務繁忙，沒有過多的時間讀書作文，所寫文章大都是奏章、筆札、書牘等和公務有關的文字。明代末年，政治腐敗，公文奏章亦趨雕繢繁蕪，空洞無物，「讀者洸洋莫知首尾」。而史可法的這些文章卻見識深刻，文筆簡古，醇暢淹精，曲合機宜，剴切中情，在當時實屬難得。史可法生平孝友，在長期的官宦生涯中，經常抽空給父母、妻子、兄弟等家人寫信，和朋友也經常保持書信往來，這些家書和信牘，在他的文集中也有收錄。另外，他在以身殉國之前，還寫了五封遺書，文集中也一併收錄。這些書信皆情真意切，催人淚下，充分表達了史可法忠貞報國之志。讀史可法文，一種慷慨丹誠、忠正清剛之氣佈滿行墨間，令人想見其為人。

明代笑話：詼諧幽默的結晶

我國被形諸文字的笑話，在文學史上可以溯源到很早的春秋戰國時諸子百家的著述中。《孟子》、《韓非子》等作品中隨處可見，如「拔苗助長」、「守株待兔」、「齊人妻妾」這樣可發一噱而讓人深思的笑話，只是這些帶有寓言性質的笑話被作者作為表達思想、政見的論據而組織進那些赫赫經籍中，其作為笑話的性質與地位無法獨立出來。漢魏以後，斷續出現了一些笑話集，《隋書·經籍志》載魏國邯鄲淳曾撰《笑林》三卷，今已散佚，隋代侯白著《啟顏錄》，唐李商隱著《雜纂》，朱揆著《諧噱錄》，宋代蘇軾著《雜纂二續》，周文玘著《開顏錄》，朱暉著《絕倒錄》，刑居實著《拊掌錄》，無名氏著《籍川笑林》等。這些笑話大都不是真正意義上的笑話，而是由文人創作的類似於《朝野僉載》一類的雜記，著眼於真人真事，內容大都是當時的文壇掌故或子史雜著中的趣聞。如《諧噱錄》中記載：「韓玄與顧愷之同在仲堪坐，共作危詩。一參軍雲：『盲人騎瞎馬，夜半臨深池。』仲堪眇一目，驚曰：『此太逼人。』因罷。」這樣的作品實則是文人士大夫仕宦讀書之餘的遣興之作，名人軼事，其趣在雅，無論是諷刺性還是幽默性，都不能於後來的笑話相比，它只能在文人之間流傳以增談資，而不能深入民間，得到人民百姓的認同。

真正的笑話是俗文學，而不是雅文學，通俗性是它的生命所在。它的創作者是普通百姓而不是士大夫，它的接受者也多是普通百姓。即使經過文人的整理加工也不能改變它作為民間文學的根本特性。它形式短小精悍，語言淺白俚俗，毫無顧忌，內容是加工提煉過的社會萬象，人物卻不是真人名人，而虛寫為「某人」、「甲乙」等。笑話的這些特點，使它能非常靈活及時地反映社會現實，其廣度深度都不再僅僅局限於文人雅事，各色人等的各種醜惡荒謬的言行都成為譏嘲揭露的對象，痛快淋漓地表達了人民的愛憎喜怒之情。這樣的笑話無疑在宋元以前就已經在民間大量地存在，遺憾的是缺少有心的文人收集整理，所以我們今天已經很少能看到了。

笑話在明代得到了純粹而長足的發展，並且有了比較令人滿意的收集與保存。明代商業繁榮，資本主義經濟有所萌芽，城市的繁榮刺激著市民文學的發展。文學格局中雖然詩文創作仍牢牢占據著中心地位，但市民文學由於歷史與現實的因素，地位逐漸抬頭，唐代的傳奇、變文，宋代的話本，元代的雜劇、散曲，以及明代的擬話本與傳奇，都取得了巨大的實績。文人們喜愛民間文學，看到了市民文學的價值與意義，不僅致力於收集整理市民文學，而且嘗試創作市民文學，作為市民文學的笑話正是在這樣的背景下得以發展和存留的。今天可見的明代笑話集約有四十種之多，有瑶塤的《山中一夕話》、陸灼的《艾子後語》、劉元卿的《應諧錄》、浮白齋主人的《雅謔》、張夷令的《迂仙別記》、江盈科的《雪濤諧史》、起北赤心子的《新話摭粹》、醉月子的《精選雅笑》等，尤其是趙南星的《笑讚》、馮夢龍的《笑府》可為代表。趙南星官至吏部尚書，而「雜取村謠俚諺，耍弄打諢，以泄其骯髒不平之氣。」（尤侗語）馮夢龍一生不第，著有「三言」、《墨憨齋傳奇》十種，是明代俗文學的重要編集者，其《笑府》可說是明笑話的集大成者。

明代笑話是諷刺與諧謔的結晶。它以概括集中的藝術形式抓住典型事物，生動地勾畫出無數貪婪、吝嗇、虛偽、愚昧、懶惰、淫蕩、狡詐、迂腐的人生臉孔，譏刺一針見血，幽默出人意表。「用玩笑來對付敵人，自然也是一種好戰法，但觸著之處，須是對手的致命傷」（魯迅語），明代的一些笑話正是觸著了社會醜惡現象的致命之處，寓犀利於詼諧，充分表達了人民百姓的真正愛憎。

官吏的貪贓枉法、不學無術，官府的黑暗腐敗，在明以前的文人雅笑中是看不見的，這裡卻得到了大量反映。如《笑讚》中的〈王知訓〉說：王知訓帥宣州，入覲賜宴，伶人戲作一神，或問：「何人？」答言：「吾是宣州土地。」問：「何故到此？」答言：「王刺史入覲，和地皮捲來。」再如：官值暑月，欲覓避暑之地。同僚紛議，或曰「某山幽雅」，或曰「某寺清閒」，一老人進曰：「總不如此公廳上最涼也。」官問何故，答曰：「此地有天沒日頭。」可謂入木三分。

地主富人聚斂不義之財，其貪吝無知，種種可笑之處，尤為人們所樂道。《笑府》中有一則說麒麟死了，孔子很悲傷，弟子們把銅錢掛滿牛身安慰說麒麟復活了，孔子看了說：「非也。分明一隻牛，只多這幾個錢耳。」還有一則，說一富翁把「江心賦」讀做「江心賊」，人家告訴他是賦字，他說：「賦（富）便賦了，終是有些賊形。」直指富人本性。富人無知，常為人所笑。有一則笑話說有人持帖子向富翁借牛，富翁打開看了看，說：「知道了，少停我自來也。」連富人之子也常常以愚蠢無知的形象出現在笑話中。吝嗇小氣也是許多富人的本性，一則笑話說一個富翁從不請客，他的僕人對別人說「要我家主人請酒，等到那一世吧」。這富翁氣急敗壞：「誰叫你許他日子的？」更有甚者，《笑府》中有一則寫道：有人到一家做客，見僕人赤身裸體捧茶待客，只在前面掛塊瓦片遮羞，問主人，答道：「家下只管飯食，不管衣服。」吝嗇殘忍如此，已讓人笑不出聲了。

科舉制度到了明代日益僵化腐朽，孳生許多可悲又可笑的故事，秀才監生也成了笑話嘲諷的對象。明代國子監學生許多是花錢買得的，因不學無術而出醜也就不為奇怪了：

監生過國學門，聞祭酒方盛怒兩生而治之。問門者曰：「然則罰與？打與？礅鎖與？」答以出題考文。即咈然曰：「咦！罪不至此。」

——《笑府》卷一

寫文章本是讀書人的起碼要求，在這裡卻成了最重的刑罰，監生固然可笑，科舉制的弊病也令人深思。也有笑話將秀才作文比做產婦生子，說是「你還有在肚裡，我肚裡卻是空空」，也是妙喻。即使能寫一些「代聖人立言」的秀才，也不過是些「屁頌秀才」（《笑讚》）、「放屁的畜生」（《笑府．吃糧》）。考中科舉的從此鯉登龍門，那些落第的往往只有兩條出路，一是做教師，往往誤人子弟；一是做醫生，往往草菅人命。這兩種職業與人民生活息息相關，卻又由這些不中用的人擔當，所以明笑話中嘲罵塾師醫生的作品相當多。如：學生問先生「屎」字怎麼寫，先生記不起，答道：「分明在口邊，一時說不出來。」嘲醫生的，如：一醫醫死人兒，賠以己兒；醫死人僕，以自家唯一僕人賠還。一夜有人來請，說是娘娘難產，醫生對妻子說：「又看中你了。」這類作品不勝枚舉。

明代笑話投槍匕首似的發揮了它的諷刺功能。和尚誘人妻女，道士裝神弄鬼，妓女虛情假意，偽善者的兇狠，同性戀的骯髒，風水相士的坑財騙物，道學先生的虛偽酸腐，其他盜賊無賴、貧士乞丐、農商百工，各種各樣的人物中的醜惡者，無一能逃過笑話的譴責。明代笑話所塑造的諷刺形象，超過其他任何文學形式。

笑是人生不可或缺的有機組成部分，是情感的有益宣洩，懂得幽默的民族才是健康的民族。「仁義素張，何妨一弛，鬱陶不開，非以滌性。」（《諧史引》）「君子何必硜硜然妝道學腔哉？妙在適興而已。」（馮夢龍語）明代人充分認識到笑話陶冶宣洩的愉悅功能，創作笑話猶如相聲中的「抖包袱」，以出人意料的睿智幽默的對話，將「包袱」抖得恰到好處，使笑話成為人們喜聞樂見的藝術形式。不僅揭露現實的笑話使人解疑，而且創作了許多純粹娛人的笑話，如關於人體形狀的，日用器皿的，性情緩急憨直的，都是這一類：

一人性緩，冬日共人圍爐。見人裳尾為火所燒，乃曰：「有一事見之已久，欲言，恐君性急；不然，又恐傷君。然則言是耶？不言是耶？」人問何事，曰：「火燒君裳。」其人遽收衣而怒曰：「何不早言？」曰：「我道君性急，果然。」

真是令人捧腹。

值得一說的是，明笑話中相當部分的作品語涉猥褻，幾近黃色。這一方面因為作者庸俗，一方面正是明代淫逸世風的反映，另外也與笑話的創作思想有關。「古今世界一大笑府，我與你皆在其中供話柄。不話不成人，不笑不成話，不笑不話不成世界。」（《笑府序》）正是這種帶有哲理意味的曠達思想，使得上至王侯賢聖、經史子書，下至芸芸眾生、村諺巷語，萬事萬物無不成為笑話廣闊的題材範圍，也是明笑話不同於前代作品而取得成功的原因。少數低級趣味作品的存在，相比之下，不過美玉微瑕而已。

明代笑話的成就，影響了後來的文學創作，沈璟的《博笑記》、清代的諷刺小說中，都可以看到它的影子。這一份文學遺產，今天讀來，不僅可供一笑，對於我們認識生活中的某些醜陋的人和事，仍然有著它獨特的意義。

讀故事・學文學

明代文學故事　下冊

編　　著　范中華
版權策劃　李　鋒

發 行 人　陳滿銘
總 經 理　梁錦興
總 編 輯　陳滿銘
副總編輯　張晏瑞
編 輯 所　萬卷樓圖書(股)公司
排　　版　鄭　薇
封面設計　鄭　薇
印　　刷　百通科技(股)公司

發　　行　昌明文化有限公司
桃園市龜山區中原街32號
電　　話 (02)23216565
傳　　真 (02)23218698
電　　郵 SERVICE@WANJUAN.COM.TW
大陸經銷
廈門外圖臺灣書店有限公司
電　　郵 JKB188@188.COM
香港經銷
香港聯合書刊物流有限公司
電　　話(852)21502100
傳　　真(852)23560735

ISBN 978-986-92492-7-0
2016年4月初版一刷
定價：新臺幣250元

如何購買本書：
1. 劃撥購書，請透過以下帳號
帳號：15624015
戶名：萬卷樓圖書股份有限公司
2. 轉帳購書，請透過以下帳戶
合作金庫銀行古亭分行
戶名：萬卷樓圖書股份有限公司
帳號：0877717092596
3. 網路購書，請透過萬卷樓網站
網址 WWW.WANJUAN.COM.TW
大量購書，請直接聯繫，將有專人為您服務。(02)23216565 分機10

如有缺頁、破損或裝訂錯誤，請寄回更換

國家圖書館出版品預行編目資料

明代文學故事 / 范中華編著. -- 初版. -- 桃園市：昌明文化出版；臺北市：萬卷樓發行, 2016.04
冊；　公分. -- (讀故事.學文學)
ISBN 978-986-92492-7-0(下冊：平裝)
857.63　　104028397